恋した人は、

つりに

れと

編集—

手が

と思ったら

TOブックス

1巻電子書籍特典SS　魔物の好み
005

WEB掲載SS　恋に落ちるのではなく
013

1巻発売記念SS　そして、出会う
023

1巻TOブックスオンラインストア特典SS
こぼれたその名は
031

1巻電子書籍特典SS　望外の師
045

2巻TOブックスオンラインストア特典SS
黄金の意味
053

2巻発売記念SS
065

2巻電子書籍特典SS
ルイニングの三番目と不釣り合いな友人
079

3巻電子書籍特典SS
ルイニングの二番目と不相応な謁見
101

3巻TOブックスオンラインストア特典SS
薄明の中、まだ知らない
119

e n t s

4巻電子書籍特典SS　焼き尽くす
133

ポストカードセットSS
147

4巻TOブックスオンラインストア特典SS
滲み火照り溶ける
161

5巻電子書籍特典SS　気の合う一人さえいれば
173

5巻TOブックスオンラインストア特典SS
その関係は遠い親戚、あるいは
187

ドラマCD脚本・小説版
199

一章…201
二章…216
三章…265
四章…278
五章…294
終章…299

あとがき
306

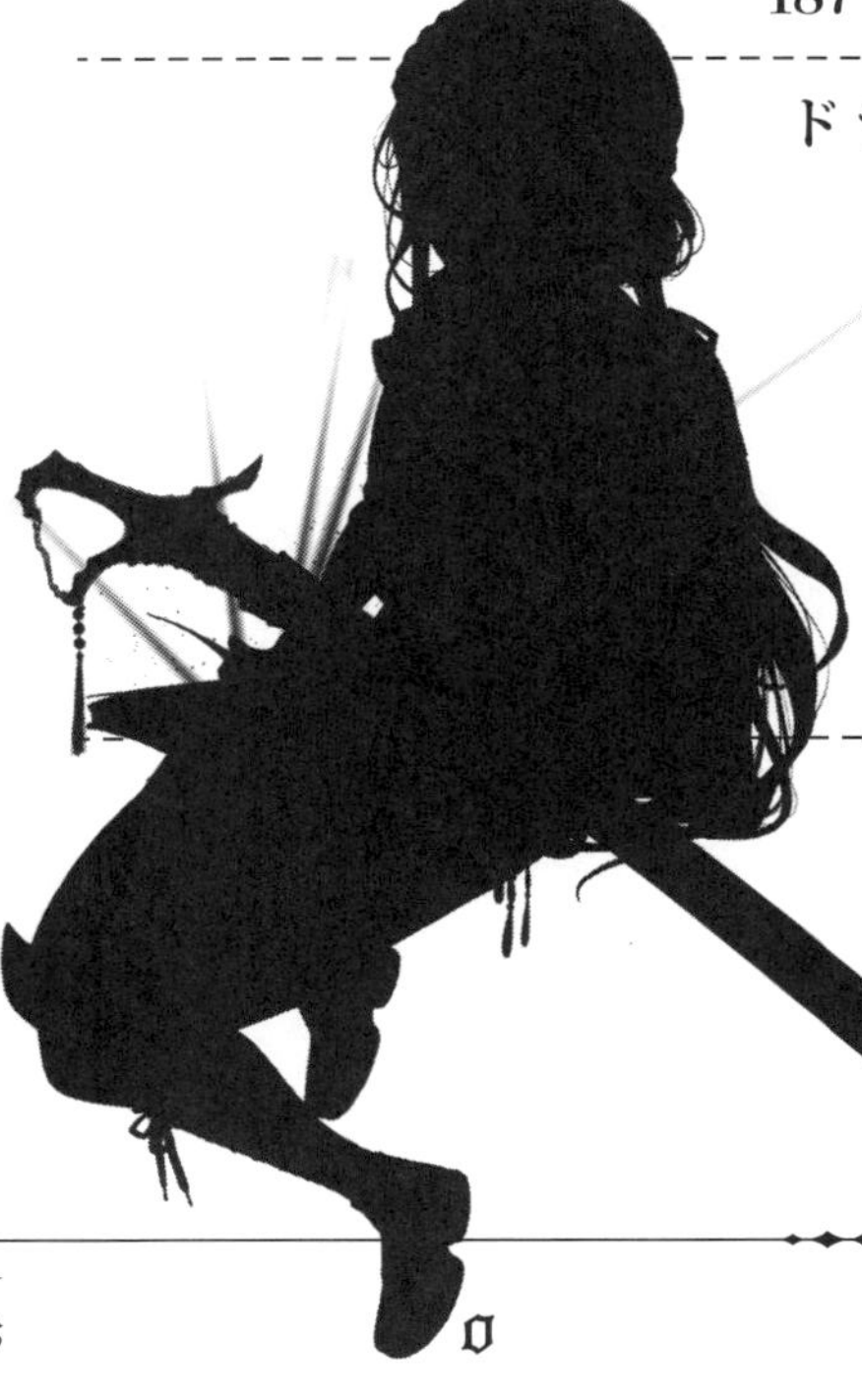

イラスト／とよた瑣織
デザイン／仲童舎

c o n t

1巻電子書籍特典SS◆魔物の好み

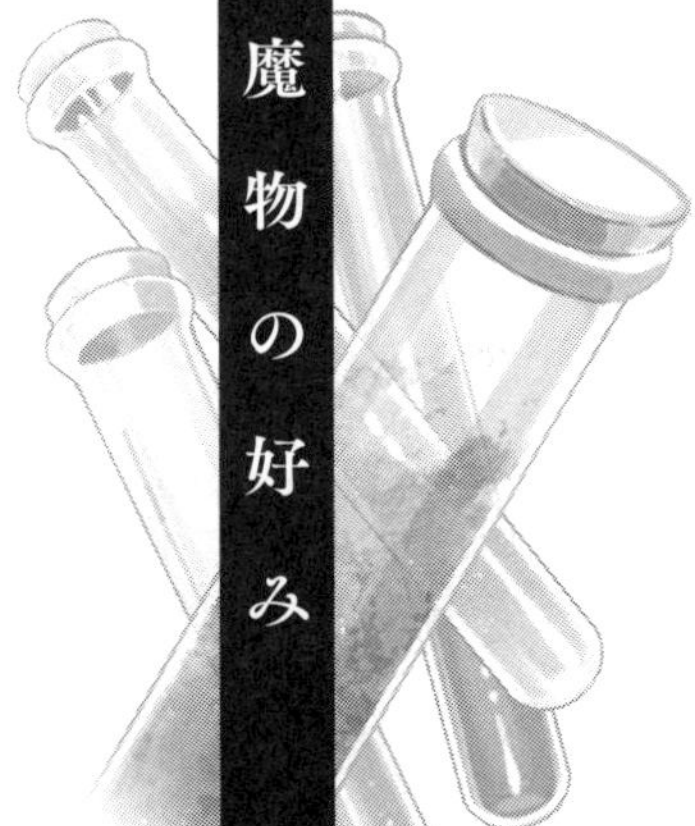

1巻電子書籍特典SS
【魔物の好み】

永野水貴から一言

《働き羽》は魔物の中でも癒やし枠かもしれないなあ、と思います。怒らせたり、扱い方を間違えると実は怖い相手な気がしますが、そうでなければちまちまと色んなものを作ってくれそうです。彼らなりにこだわり？　習性？　のようなものがあるらしく、それに忠実に従ってウィステリアやロイドの衣類が作られているとかなんとか……。

視線を感じて、ウィステリアは顔を上げた。すぐに、金色の目と目が合った。

その眼差しの強さに一瞬心臓がはねる。少し焦って口を開く。

「何だ？」

居間で、《反射》についてロイドに教え、休憩を挟んでいる最中のことだった。

何かわからない点でもあったのだろうかと思い返していると、ロイドは更に観察するように視線を注いだ。それからようやく答えが返った。

「あなたの衣装も、あの《働き羽》とかいう魔物が作ったものか」

「あ、ああ……そうだが」

ウィステリアはぱちぱちと目を瞬《またた》かせた。どうやらロイドは、この服を観察していたらしい。思わず、自分の服を見下ろした。

動きやすさや肌を保護することを重視して布が多く、茶色の長靴に黒い脚衣はいつもと変わらない――その上に、水色を基調とした衣を重ねている。

二枚重ねになった短い袖に金の刺繍《ししゅう》があり、上着の縁には細長い葉と実を思わせる意匠が金色で施されている。向こうの世界では見かけない型だが、独特の美を感じる衣服だ。

この地でウィステリアの持つ服は型こそ同じだが、すべて色合いが異なる。この明るい青の衣装は、ウィステリアが好んでよく着るものの一つだった。

「珍しいか？」

つい、ウィステリアはそう声に出していた。

――この異界に来て以来、ほとんどずっとこの型の服を着ているから、自分にとっては何も珍しくはない。だが、向こうから来たばかりの人間からすれば違うのかもしれない。

ロイドは銀の睫毛《まつげ》を二度瞬かせた。

「……魔物が織ったという時点でな。あえて珍しいというなら、装飾だな」

装飾、と言われてウィステリアは再び自分の服を見下ろした。それから、ああ、と思い至って、上着の縁を軽くつかんだ。縁に施された実と葉のような模様のことだと思い至る。緻密な法則性を持ちながら優美さを感じさせる図案は、とても魔物がそうしたものとは思えないのだろう。

「《働き羽》たちは装飾しようとしてこうしたわけではないと思う。彼らも個によって性格が違うというか……それぞれ、好む色や形というのがあるみたいだな」

「性格……好み？」

銀の眉が怪訝《けげん》そうにひそめられた。ウィステリアは軽くうなずく。

「彼らが紡ぐ糸というのは、実は毎回色や性質が異なるんだ。彼らのもとからの能力なのか、私の与えた瘴気《しょうき》によるものなのかはわからないが。だいたいは、寒色系の糸になることが多い。その上で、彼らが好む一定の色の組み合わせや形があるようで、それが装飾として出るのだと思う」

好みの傾向があるという意味では、普通の生き物とあまり変わらない――ウィステリアがそう続けると、ロイドは少し考え込むような態度を見せた。

するとすかさず、テーブルに載せられていた聖剣が高らかに声をあげた。

『こればかりはあの虫どもに感謝せねばならんな！　もしお前が自分で仕立てねばならないという

ことになればさぞかし悲惨な有り様になっていたであろう！　虫どもの服も野蛮な部分はあるが、お前の最初の身なりよりは遥かにまし——なな何をするケダモノ!?』

まくしたてる剣が過去に言及しかけたとき、ウィステリアはとっさに鞘を三分の一ほど脱がせて黙らせた。

が、ロイドは目を上げた。

「最初の身なり？」

まさに封じたかった部分を問われ、ウィステリアは苦々しくサルティスを睨んだ。それからため息をつき、誤魔化すように唇の下に指を当てた。

「ここに来たばかりの頃は生きるのに精一杯で、身なりにまで気が回らなかったんだ。ここに来たときに着ていた服をずっとそのまま……まあ、色々問題があった」

『仮にも我を一時的に預かる栄誉に浴した身でありながら、あのような襤褸《ぼろ》同然でいるなど言語道断！　我に対する侮辱だぞ！』

「無理言うな、あの状況を見てただろ！　だいたい、君は無駄に華美なんだ」

ウィステリアは顔をしかめた。サルティスは率直すぎて手厳しいところが多々あり、外見についても例外ではなかった。

——ええい、見苦しい！　髪を結え、服を整えろ！　蛮族のような格好をするな愚か者！　そういった緩みから油断に繋がるのだ。細部まで装え！

当時、擦り切れた囚人も同然の外見だったウィステリアをそんなふうに叱咤《しった》した。

日々を生き延びるだけで疲れ果て、サルティス以外に誰も自分の姿を見る者などいない――その思いと絶望が、ウィステリアから自分の見目に関する意識を失わせていた。とはいえサルティスの叱咤に反論する気力もなく、言われるがままにのろのろと髪に手を入れ、新たな衣を調達する方法を編み出していった。

口うるさい親のようにまくしたてる聖剣に対し、何のためにと辟易《へきえき》する気持ちが大きかった。

――ウィステリアはわずかに目を上げ、初めての同居人を見た。

突然押しかけてきた弟子。甥であり初めての客人。ブライトに酷似した、端整な美貌の青年。

(……結果的には、サルトに従って正解だったたか)

サルティスに言われなければ、ひどい身なりのままであったかもしれない。そんな状態のままロイドと遭遇していたかもしれないと考えると、少しぞっとする。

ともすれば、魔物や魔女と判断して斬りかかってきた青年の誤解を解くことも難しかったかもしれない。

ウィステリアはサルティスに視線を送った。いま改めて思えば、自分がこうしてある程度の見目を保っていることで、内面もそれにつられている部分もあるのかもしれない。

――少なくとも、最低限の正気を保てるくらいには。

感謝の言葉を口にするのをためらったのは、この尊大な聖剣が素直に受け取ってくれるほどおとなしくはないからだ。

「……なるほど」

ロイドが短く、そうこぼした。ウィステリアが青年に目を戻すと、真っ直ぐに見つめてくる瞳とかち合った。その目の強さにはまだ慣れない。

ウィステリアは無意識に、耳横の一房に手で触れた。

(身なりには気をつけないといけないか)

久しく忘れていた、他人の目にさらされる緊張感。だがそれは不思議と、不快ではなかった。

WEB掲載SS◆恋に落ちるのではなく

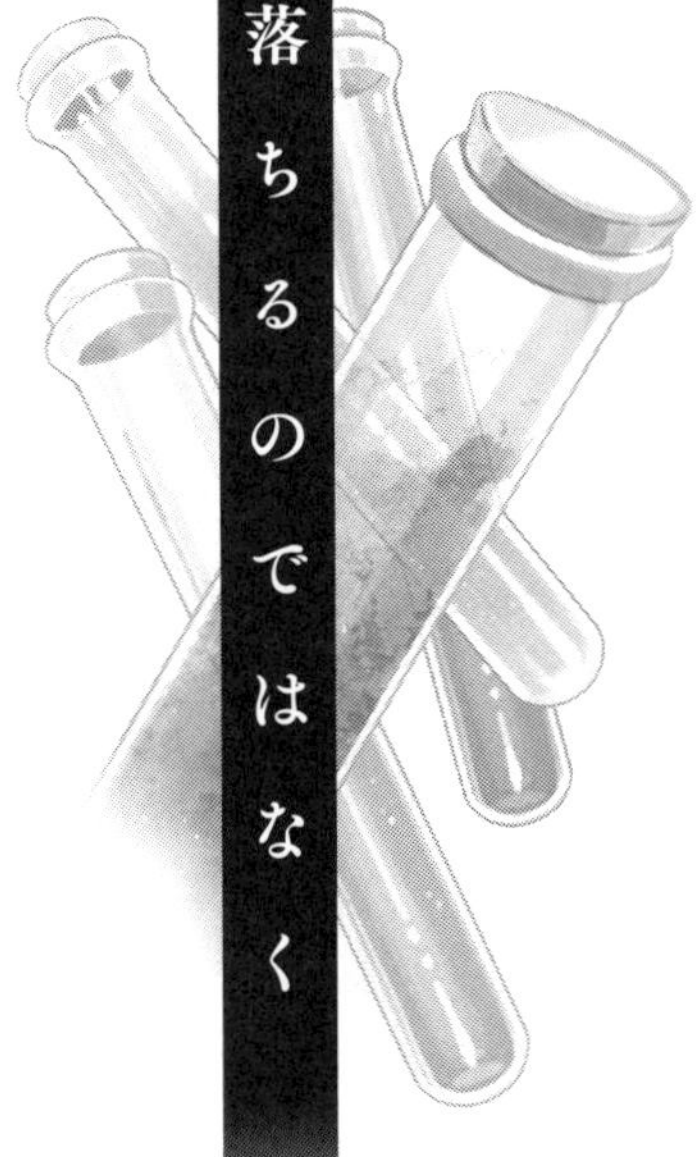

WEB掲載SS

【恋に落ちるのではなく】

永野水貴から一言

2巻発売記念SSとほんのり対になるようなイメージで書きました。ロザリーは色気より食い気タイプです。その友達であるデイジーも同タイプらしいです。二人はお茶会というよりスイーツをあれこれ食べて品評会をするのが一番楽しいのかもしれないですね。

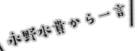

「デイジー？　どうしたの？」

大きな目をますます丸くして、デイジーの親しい友人――ロザリーは言った。

デイジーは、肯定とも否定ともつかぬ微妙な返事をした。

いつものように、デイジーは自宅に友人《ロザリー》を招いて午後のお茶会をしているところだった。

ロザリーとは親しいので、デイジーの自室のテーブルを間にして向き合って座っている。

常なら、ロザリーは他愛のない話が無限にできる相手だった。デイジーは男爵家の令嬢で、ロザリーの方は伯爵家の令嬢で家格に差があるが、デイジーの家はそれなりに裕福で爵位の割に一目置かれていたし、ロザリーの家は社交界でも珍しい〝善良伯〟などと呼ばれるほど気さくで親切な一家だった。

くわえて、デイジーとロザリーはほぼ同年代で、性格の相性もいい。

ロザリーは明るく裏表のない性格で、堅苦しい礼儀作法が苦手なデイジーにとって話していて楽な、付き合いやすい友人だった。が、ロザリーは天真爛漫《てんしんらんまん》ゆえに、この方面の相談事にはどうも疎い気がする。

――それでも、少なくとも馬鹿にするようなことはないだろう。

デイジーは思い切って、ロザリーに話してみることにした。

「……最近、『バラよりも美しいあなた』という小説を読んだの。知ってる？」

「小説はあまり読まないわ。眠くなっちゃうもの。どんな内容？」

ロザリーは不思議そうな顔で聞き返してくる。

年頃の令嬢の間で流行っている作品の名前すら知らないところに、デイジーはやや呆れてしまった。

「身分違いの恋のお話なの。古い名家のお嬢さまと、従僕の青年の恋よ」

デイジーが簡単に説明すると、ロザリーはふうん、とつぶやいていまいち理解の薄い顔をした。

「面白かった？」

「……ええ、とても。そのせいで、ちょっと気になって」

「気になる？　何が？」

デイジーの友人は無邪気に小首を傾げる。子供っぽい仕草だったが、ロザリーがすると不思議と愛らしさのほうが優った。素直な性格のためだろう。

デイジーは少し気恥ずかしくなり、自分の手前のティーカップを取った。

「だからね……恋とはどんなものなのかしら、って」

とたん、ロザリーは見開いた目で忙しなく瞬いた。

「恋」

「……そう、恋」

「恋……」

「そんなに聞き返さないでよ」

「だ、だって、急に変なこと言うから……！」

慌てた様子のロザリーに、デイジーは少しむっとした。

「変なことって何よ。たまにはお茶やケーキ以外の話だってしたいでしょ。ロザリーはいつも食べ物の話ばかりなんだから」

「それは、だって……。美味しいものの話よ！　とても大事じゃない」

「もー……。やっぱり、ロザリーはこういう話あまり興味ないのね」

デイジーはそう言ってふと真顔になり、友人に聞いた。

「でも、あの方とはどうなの？　ルイニングの……〝生ける宝石〟とは？」

とたん、ロザリーの大きな目がこぼれんばかりに見開かれた。そして丸みのある頬にさっと赤みが差したかと思うと、ばたばたと焦ったように顔の前で手が振られる。

「どっ、どうしてブライトがここで出てくるの⁉」

「……あのブライト様と一番親しいご令嬢があなたとあなたのお姉様だからでしょ。子どもの頃からの交遊関係なんて、他のご令嬢が血の涙を流して羨んでるわよ」

「ちっ、血の涙⁉」

「で、どうなの？　大丈夫、誰にも言わないから正直に教えて？」

デイジーが身を乗り出すと、ロザリーはその分だけのけぞり、ぶんぶんと頭を振った。

「そんな関係じゃないってば！　ブライトはその、いつもからかってくるし意地悪なだけなんだから！　デイジーが言うような仲良しじゃないのよ！」

「ふうん？　怪しい……」

「ほ、ほんとにそんな関係じゃないの！　私はブライトなんて好きじゃないし、ブライトのほうだってそうよ！」

デイジーは疑いの目でじっとロザリーを見つめつつ、真っ赤になる友人をそれ以上問い詰めるのはやめておいた。この反応こそが何より怪しいと思ったが、これ以上はさすがにロザリーの機嫌を損ねてしまうだろう。

――ルイニング公爵家の〝生ける宝石〟こと次期ルイニング公のブライト・リュクスは、星々のようにきらめく社交界の貴公子たちのなかでも一際輝く存在だった。

大貴族ルイニング家の嫡子というだけでなく、美しい銀髪に太陽を思わせる黄金の瞳を持った長身の美男子で、明朗快活な性格と相まって、令嬢から未亡人に至るまで、もっとも熱い視線を送られている一人だ。いまだ婚約者はおろか、恋人の一人もいないという。

そのブライトと最も親しい未婚の淑女というのが、この目の前にいるロザリーと、その義姉ウィステリアだった。

ルイニング公爵家と、ロザリーのヴァテュエ伯爵ラファティ家には家格の差があるが、当主同士が昔から親しくしており、その子女たちも幼なじみのような関係になったというのは有名な話だ。

他家のご令嬢からすれば、ロザリーとその義姉は強い羨望と嫉妬の的だった。――更に義姉ウィステリアのほうは、別の理由からもっとやっかむ人間もいる。怪しい研究に参加しているという噂があるのだ。

「……恋なんて、わからないもの」

ロザリーが、ふいにそんな言葉をこぼした。

デイジーはぱちぱちと瞬いた。――冗談でしょう、と言いかけ、この友人ならありえないことではないとすぐに思い直した。

ロザリーはもう十七だが、婚約者もおらず浮いた噂一つない。求婚者はそれなりにいるはずだが、当のロザリーがまだ結婚に興味がなく――ロザリーを溺愛している両親が急かしてもいないためだった。更には本人が恋愛そのものに興味がないということらしい。

デイジーは思わず噴き出した。

「ロザリーらしいかも」

「な、なによ！　そんなこと知らなくてもいいじゃない……！　いずれ、恋なんてものなしに結婚しなくちゃいけないわけだし！」

「あら。結婚相手と恋をしたっていいじゃない。むしろそれが一番の理想でしょ？　恋をして結婚するか、結婚相手に恋をするか」

デイジーが少し得意げになって言うと、ロザリーはむうっと眉を寄せてしかめ面をした。そんな表情ですら可愛らしく見えるのは、ちょっとずるいと思う。自分がロザリーを良く思っているからか、あるいはロザリーの天性の魅力のためなのか。

「だ、だいたい、恋愛って心の機微とかどうとか、駆け引きめいたものなんでしょ？　そういうのは苦手なの。訳がわからないもの！　……ウィス姉様ならわかるかもしれないけど」

唇を尖らせてロザリーがそう言ったとき、デイジーは自分の中で少し温度が下がるのを感じた。

（ウィス姉様なら、かぁ……）

――ウィス姉様、というのはロザリーの義姉であるウィステリアのことだ。

幼い頃に実の両親をなくし、ロザリーの両親に引き取られてから、ロザリーと本当の姉妹のように育てられたという。血は繋がっていないが、実の姉妹のように仲が良いと聞いていた。

年齢差は三歳ほどであるというのも、良好な関係を築くのに一役買ったのかもしれない。

デイジーも何度か、ウィステリアを見たことがあった。ロザリーは良く言えば天真爛漫、悪く言えば少し子供っぽいところがあったが、ウィステリアは真逆で、落ち着いていて淑やかな女性だった。すらりと背が高く、色白で、深い色の髪に神秘的な紫色の瞳など、ロザリーと似た部分は一つもない。

顔立ちにしても、可愛らしさのある童顔なロザリーと比べ、ウィステリアのほうは目鼻立ちがはっきりとして整った顔をしていた。多くの人が口を揃えて美女と言うに違いない容貌だろう。

だがその瞳の色や目元の涼やかさゆえか、デイジーにはどこか冷ややかな女性に見えた。

更にあの美貌と背の高さと相まって、威圧感がある。ロザリーのように気さくに話せないし、親しみがない。

――美しい女性で、養女とはいえ、ヴァテュエ伯のご令嬢という身分でありながらいまだに結婚も婚約もしていないのは、やはり周囲から遠巻きにされているのも原因なのではないだろうか。

デイジーはそんなふうに思ったが、それをロザリーに言ったことはなかった。これからも自分から言い出すことはないだろう。

デイジーはふと疑問を覚え、おずおずとロザリーを見た。そして半ば無意識に声を落として、尋ねた。

「……お義姉様《ねえ》と、ブライト様は特別な関係だったりするの？」

そう聞くと、ロザリーは再び目を丸くした。

「え、ええっ⁉　ウィス姉様とブライトが……、こ、恋ってこと⁉　な、ないない！　それもないわ！　姉様はブライトに遠慮がちなところがあるし……た、確かにブライトは、私よりもウィス姉様に優しいけど……」

ロザリーは慌てたように手を振って言いながら、語尾に行くにつれて少し落ち込む様子を見せた。どこか居心地が悪そうに、身じろぐ。

デイジーもまた忙しなく瞬く。

「どういうこと？」

「わ、わからないわ！　その、適切な距離……というの？　昔のような友達にはなれないでしょ。だからたぶん、姉様も考えて弁えているんだと思うわ。姉様も、結婚にまだそんな興味がないみたいだし。ブライトだって、昔から変わっていないし……」

どこか言い聞かせるようなロザリーの口調に、デイジーは訝《いぶか》しく思った。

（変わっていない……？　昔からブライト様と仲が良くて、今もそうってこと……。それこそ羨まれる原因だけど）

――やはり、ロザリーはこういったことには疎いのだろう。少し考えれば、それが特別なことだとわかるのに。

（お義姉さまのほうは……ロザリーほど疎くはなさそうだけど）

ロザリーの言う通りなら、義姉がブライトに対して遠慮がちというのは、むしろ普通だろう。ロザリーよりもブライトという人を意識していてもおかしくはない。一般的な令嬢なら尚更だ。ロザリーのほうが特殊なのだ。

デイジーはひそかにそう結論づけた。

当のロザリーは眉間に皺を寄せ、難問に当たったかのような顔をしている。

「う……頭が痛くなってきた」

「……この話で頭が痛くなるのってロザリーだけだと思うわ」

「ええ？」

「ところで《フェイリ》のケーキを買ってあるんだけど、食べる？」

「食べる！　どうしてそれを早く言ってくれないの⁉」

とたんに顔が明るくなるロザリーに、デイジーは声をあげて笑った。

結局、恋についてまともな談義もできなかったが、まあいいわ、と胸の内で割り切った。

（――恋は不可抗力で落ちるもの、とかいうらしいし。私は落ちたくなんてないもの）

どうせなら落ちるのではなく、のし上がりたいとデイジーは思う。

それからすぐに、メイドが運んできたケーキに話題が移り、いつものお茶会になる。

憂いも心の機微も甘いお菓子に上書きされ、デイジーの頭から恋愛への興味はすっかり薄れていった。

1巻発売記念SS◆そして、出会う

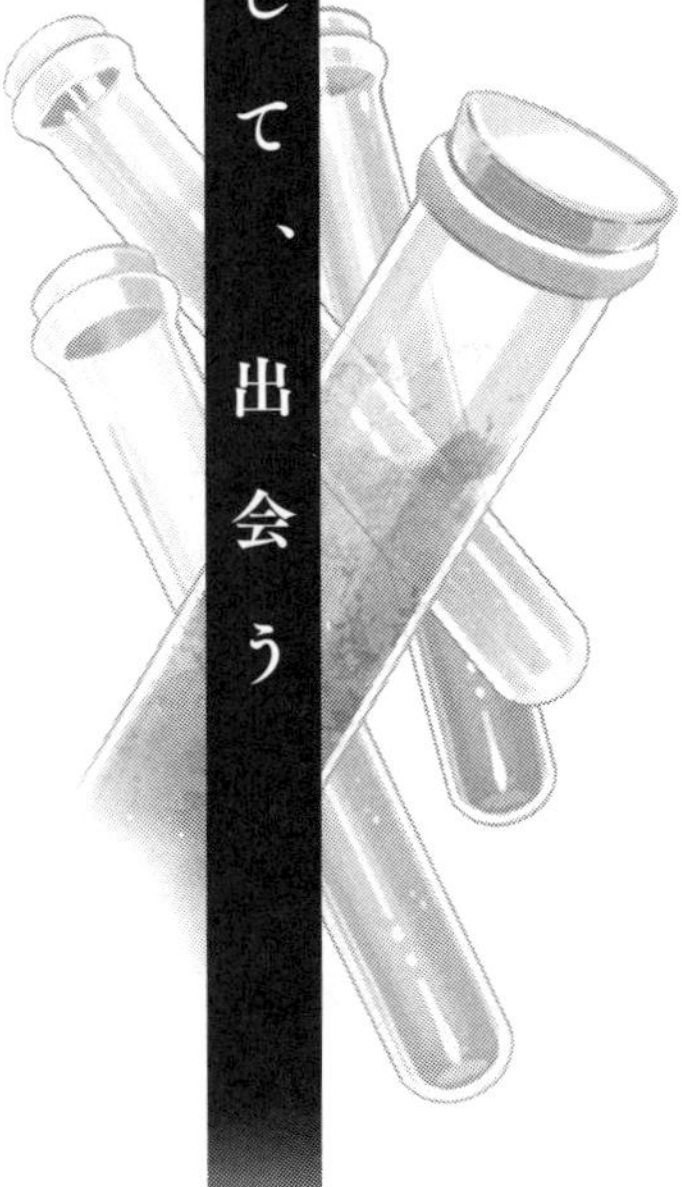

1巻発売記念SS

【そして、出会う】

＼永野水貴から一言／

この話を読んだ後に本編を読みたくなるようなつくりにしたいな、と思って書きました。

とよた先生が描いてくださった、1巻のロイド初登場シーン挿絵が衣装・エフェクトともにすごくかっこよかったので、頭にそのイメージを浮かべていました。あの衣装ほんとにかっこいいですね。（何度も言う）

道は暗く、己以外に他の何も存在しなかった。先の見えぬ暗闇の中、自分の体と踏み出す一歩分の視界だけがわずかに確保されている。全身を研ぎ澄まし、聴覚や嗅覚でも周囲を知覚する。鋭敏な耳には自分の呼吸だけが聞こえ、ロイドは奇妙なほど、己の前方——進むべき道を理解することができた。

かつて何人もの《番人》が、この道を通った。あるいはそれゆえに、その足跡が道無き道として感じられるのか。

だがその考えは少々感傷がすぎるように思え、ロイドはそれ以上考えることをやめた。

いかなる恐怖も怯えもない。——静かな高揚。戦意。

自分の帰りを待っている、翡翠《ひすい》の瞳をした王女の姿が脳裏をよぎる。

頭の隅で時を数えながら進む。

異質の闇に、変化が生じた。視界の端にほのかな明るさを感じとる。

ロイドは息を吐く。それから全身に力を漲らせ、外套の下、腰に佩《は》いた剣を意識する。

——そうして、一気に駆けた。

標《しるべ》たるわずかな光に向かって走り、光の終着点へ飛び込む。

強い風を感じた。来た道へ押し返すような力。冷たく、だがどこか生温かい空気がたちまち体に吹き付ける。

全身でそれを押し返すように、ロイドは前傾姿勢で疾駆する。不可視の壁を、そのまま突き破った。

闇の名残が、煙のように体にまとわりつく。

首と手足にはめた瘴気対策の装身具が身震いする感覚。首から上以外に露出している部分がなくとも、異界の空気は易々と貫通するようだった。肌に痺れが伝わる。だが、その程度で済んでいる。人の体には毒とされる瘴気を、装身具が確かに防いでいる。

空気が、匂いが、音が、世界の明度が変わる。

瘴気に満ちた空は暗かった。色濃い夕日に黒のヴェールを一枚被せたような、あるいは明ける寸前で止められた夜のような色合いをしている。

金の両眼に異界の姿を捉え——とたん、落下の感覚がロイドを襲った。

異界の空を落下する。地を埋め尽くす白。丸い、小さな花の蕾。その向こうに青黒い鉱石のような巨獣がそびえているのが見える。

否。うずくまる獣と見えたそれは、かつて見たこともないほどの巨大な樹木のようだった。

ロイドは全身で警戒しながら、衝撃に備えた。

落下の勢いを殺しながら、異界の大地に着地する。大地を覆っていた蕾ごと土が弾けて舞い、丸みを帯びた白い蕾の残骸が雪のごとく舞った。

——すべてが鋭敏な器官と化した体に、敵意や殺意は捉えられない。すぐに襲いかかってくるような魔物はいない。

地を埋め尽くす白い蕾の中、ロイドはゆっくりと立ち上がる。

そうして黄金の両眼をわずかに細め、巨樹と、それを背景にして立つ異形の姿を見た。


一人の人間が立っていた。


女だ。平均より長身で、痩身に見える。その体を包む水色の衣は、奇妙な型だった。縁に葉と実を象ったような金の装飾があり、やけに精緻《せいち》だった。

わずかに見える首やその上の顔は抜けるように白い。細く高い鼻筋も、色の薄い唇も、この異界の光景にはあまりに馴染まない。

夜を思わせる艶やかな漆黒の髪が風になびき、場違いなほど白い蕾の群れの中で際立つ。

――見開かれた目は、こちらを真っ直ぐに見つめ返していた。

色濃く鮮やかな藤を思わせる目だった。

そこに、魔物にあるべき歪さ、おぞましさはない。――ゆえに、それは一層歪とも言えた。

人であるはずがない。ありえない。

(――魔女)

記録に記されていたその言葉がロイドの脳裏をよぎる。

そして、ラブラと交わした約束が谺《こだま》した。

『もし……ウィステリア様の形をした、何かがいたら』

女の姿をした何かは、その腕に黄金の柄と漆黒の鞘を持つ剣を抱いていた。

それこそが、自分の求めるものだと悟る。

ロイドは剣を抜いた。

女の姿をしたものは、色の薄い唇を開いて何かをつぶやいたようだった。

その意味をロイドは聞き取ることができなかった。だが姿を模すことができる魔物なら、言葉や声さえも模すことができてもおかしくはない。

ロイドはにわかに不快感を覚えた。

しかし次の瞬間、あらゆる躊躇ごと雑念を振り払って地を蹴った。

目的はただ一つ。運良く、その目的がすぐ目の前にある。

白い蕾が舞い散る。彼我《ひが》の距離が瞬く間に縮む。


紫の瞳が見開かれ、〝ウィステリア・イレーネ〟の姿をしたものが迫り――

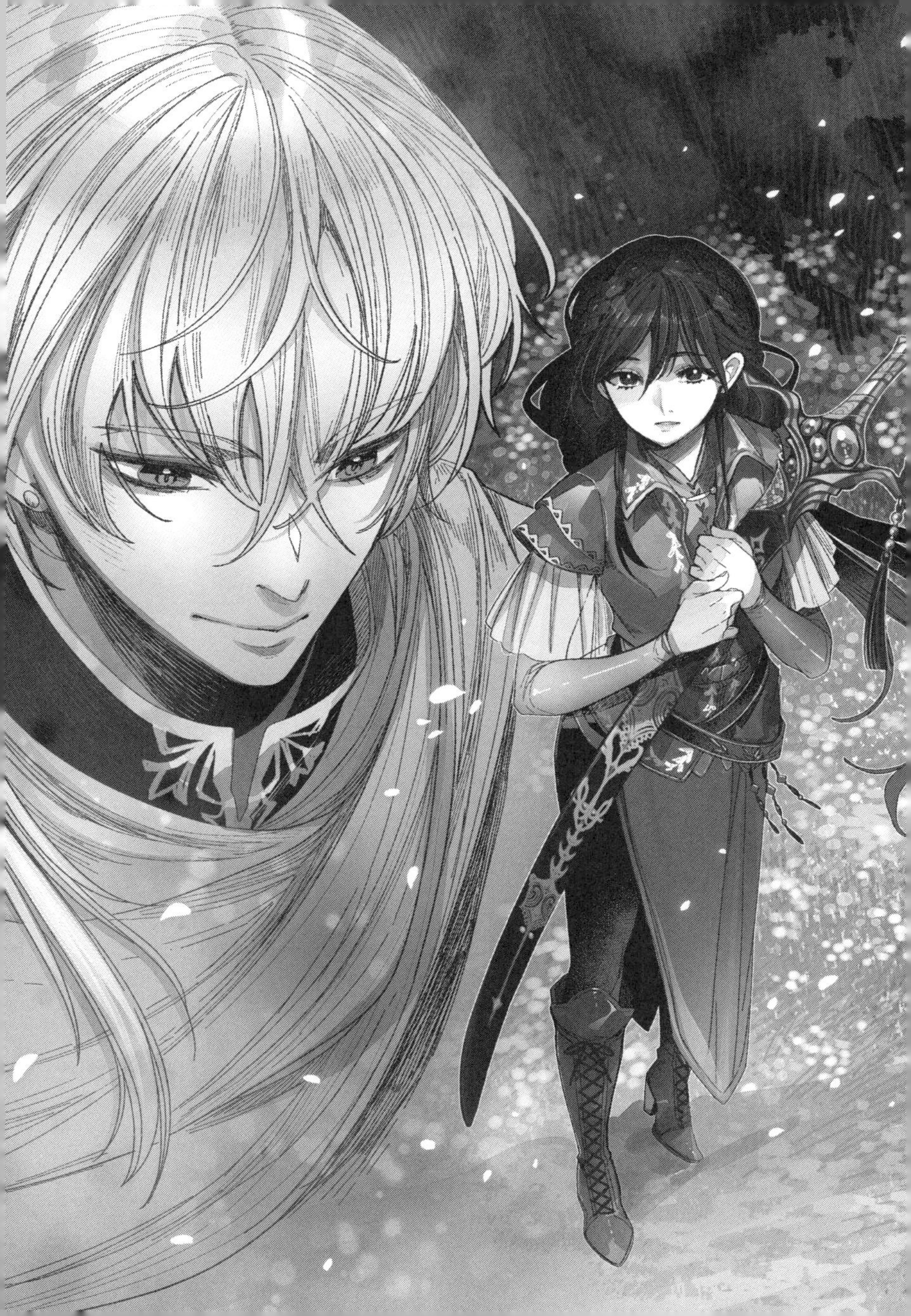

1巻TOブックスオンラインストア特典SS

こぼれたその名は

1巻TOブックスオンラインストア特典SS
【こぼれたその名は】

永野水貴から一言

1巻の前日譚？　のようなイメージで書きました。ロイドとラブラさんの関係も色濃く出ている内容だと思います。ラブラさん自身も不思議に思っているようですが、ロイドは意外にラブラさんのようなタイプと相性が悪くないようです。年はわりと離れていますが、妙に相性がいい関係ってありますよね。

「やっぱり血は争えないってことですかねえ……。どう思いますか、ラブラさん」

「んん？」

実験記録をまとめていたベンジャミンは、振り向かないまま曖昧《あいまい》な返事をした。話を振ってきたのは、気心知れた年下の研究員である。

王都の南東区画にある古い邸、その三階の一室には休憩中の緩んだ空気が流れていた。

もとより、ベンジャミンが責任者をつとめるこの第四研究所は他の研究所とはまるで雰囲気が違っている。研究施設としては建物も小さく、研究員同士も親しく和やかだった。

長であるベンジャミンも例外ではなく、くだけた物言いもするし休憩時間には雑談もする。ベンジャミン自身も、それを心地良く思っていた。みな、《未明の地》の研究に対する熱意を持つと同時に、腹の探り合いをしない純朴さがあった。

「血は争えないというと、どこかの親戚の話かい？」

「ですからほら、かの筆頭公爵家のご子息ですよ！　ルイニング公爵家の！　まさか、ラブラさんそれもご存じなかったりします？」

ベンジャミンの手がぴたりと止まった。――脳裏に、あの銀髪の貴公子の姿がよぎった。

頬が強ばり、机に向けていたため顔を見せずにいられたのは幸いだった。

落ち着け、と自分に言い聞かせる。脳裏をよぎった姿はもうずいぶん前の記憶だ。彼はもはや貴公子ではなく現ルイニング公爵だ。そしてその子息、というのは彼の息子のことだろう。

ベンジャミンは、再びペンを動かす。

「知っているよ、名前だけね。それで、そのご子息がどうかしたのかい」

「ですから、血筋はおそろしいという話ですよ。ルイニング公は若い頃から〝生ける宝石〟などと呼ばれるほどの方だったんでしょう？　その息子も、同じらしいんですよ。容姿もそっくりとかで……」

研究員の口調は羨ましいと言わんばかりだったが、ベンジャミンは気の抜けた返事をするしかなかった。――ルイニングの名とは関わりたくないし、耳にしたくもない。

「僕たちには関係のない世界だと思うけどねぇ」

「それがそうでもないんですよ！　これがまた面白くてですね、そのルイニング公そっくりの嫡子は魔法が使えるんだそうです！」

ぴたり、とベンジャミンの手が再び止まった。現ルイニング公、ブライト・リュクスが一切魔法を使えない〝異端〟で、若い頃はそれで誹謗中傷する者もいたというのは周知の事実だ。

ベンジャミンはようやく、研究員に振り向いた。

「魔法の素質のない父から生まれた、魔法の素質を持つ息子か。でもルイニング家はもともと魔法の素質が現れやすいんだ。別に珍しくもないだろう？」

「そうなんですが、問題は、そのご嫡子がかなりの素質を持つということらしいんです！　噂によると、歴代ルイニングの中でも突出しているとか！　いったいどれくらいの力の持ち主なのか、気になりませんか⁉」

三十歳をすぎたばかりの研究員は少年のように目を輝かせた。ここで研究しているのは《未明の地》についてであり、ひいては魔法を根源から学ぼうとすることに等しい。その魔法の素質に恵まれた人間がいるとなれば、気になるのも無理はないことだろう。

ベンジャミンはややうろたえた。

そのまま話し続ける研究員の声も、耳を素通りした。

（かなりの素質、か……）

よりによって、あのブライト・リュクス＝ルイニングの息子がそれとは。ベンジャミン自身が抱くわだかまりとは別に、なにか皮肉めいたものを感じずにはいられなかった。

――ブライト・リュクスの魔法の欠如。そのために彼に降りかかる悪意を、食い止めようとした一人の女性がいた。

（……やめよう）

ベンジャミンは頭を振り、感傷を追い払った。

それきり、これまでと同じようにルイニングの名に関するものを忘れ、遠ざかることにした。


その日、ベンジャミンは所用で少し遅れてから研究所に顔を出した。一階玄関に到着したとたん、何か違和感のようなものを覚えた。妙に騒がしい。

予想外の事故でも起こったのかと不安が胸をよぎり、ベンジャミンは眉を険しくした。とたん、転ぶような勢いで階段から研究員が駆け下りてくる。

「ら、ラブラさん……っ!!」

「なんだ！　何が起こった!?　まさか事故でも――」

「そ、それよりまずいかもしれません！　とにかく早く！　上へ来てください！」

「それよりまずいこと……!?」

腕をつかまれ、よろけるようにしてベンジャミンは三階へ向かった。向かう先は三階の角部屋だ。

ベンジャミンは眉間に皺を寄せ、そして唐突にあることに思い至った。

かつて、ここがこんなふうにざわついたことがあった。予想もしない客人を迎えたからだ。間もなく仲間と呼ぶことになった、あの紫の瞳をした美しい令嬢。

とっさに思い浮かんだそれをベンジャミンが否定したとき、部屋に着いた。扉は開いていた。

――部屋の中に、異質な人物がいた。

およそこの場にはふさわしくない、だが、紫眼の麗人とは似ても似つかぬ長身の男だった。

名画の中から抜け出てきた騎士を思わせるような後ろ姿。肩を越す長さの髪を束ねている。

――その色は、輝くような銀だった。

ベンジャミンの鼓動はたちまち乱れる。声をかけぬうちに男が振り向く。

瞬間、ベンジャミンは息を止めた。

「あなたが、ここの研究長のベンジャミン＝ラブラ殿か？」

張りがあり、鉱石のような冷たく硬い声。そして、黄金の瞳が射るように見つめていた。

ベンジャミンはすぐには答えられなかった。青年の目に呑まれていた。

（なんて目だ……）

一瞬、記憶の中の、若きブライト・リュクス＝ルイニングがそのまま立ち現れたかのようだと思った。だがあの〝生ける宝石〟と呼ばれた彼は、これほど鋭い目をしていただろうか。ルイニングの太陽とも呼ばれた目はこれほど凍てついていただろうか。まるで――抜き放たれた刃のようだ。

立ち尽くすベンジャミンの横で、ここまで案内してきた研究員が怖じ気づきながらも肘でつつき、返答を促してくる。それで、ベンジャミンはようやく自分を取り戻す。

――あのブライト・リュクス＝ルイニングに酷似した顔。それで、この青年の正体が容易に想像できる。

「いかにも僕がベンジャミン＝ラブラです。あなたは？」

動揺を抑えるように、ベンジャミンは声を少し低くして問うた。相手が誰であろうと、正体を察することができようと、この場で投げかけるべき言葉は変わらない。

青年の、長い銀の睫毛が一度瞬いた。

「ロイド・アレン＝ルイニング。ロイドと呼んでもらって結構」

ベンジャミンの横で、研究員が息を呑む音がやけに大きく響いた。同時に、それがベンジャミンに冷静さを保たせる。過剰に謙《へりくだ》ることも、年齢や研究所の内部という特殊な環境を盾に威圧的になるでもなく、淡々と用向きを聞いた。

青年――ロイドは率直に本題に入った。

「魔法に関するあなたの知見に学びたい」

眼鏡の奥で、ベンジャミンは大きく目を見開いた。

〝ルイニングの最高傑作〟と呼ばれる青年は――そう呼ばれていることを、ベンジャミンは後から知った――どこか冷淡に語った。いわく、他の著名な宮廷魔術師や巷間《こうかん》の魔法使いに会ったが、もはや価値ある学びは得られなくなってしまった。魔法をもっと根本からと考えたとき、瘴気、ひいては《未明の地》の研究が有用なのではと考えた。

そしてその研究を長く行っているのが、魔法管理院の末端に所属する第四研究所で――その長をつとめるベンジャミン＝ラブラだと突き止めた。ゆえに、自ら訪問し、直接やりとりをすることにしたという。

ベンジャミンは頭を抱え、研究室の中で盛大にため息をついた。

――ロイドという青年の訪問を受け、はじめてやりとりをして半月ほどが経っていた。

それから既に複数回訪問を受けている。

『……あなたは噂よりも有能な人物だな』

眉一つ動かさず、ロイドはそう言い放った。名門の貴公子らしい傲慢さはあったが、見下すような響きはなかった。意外の念が滲んでいるように感じたのは気のせいだっただろうか。

だがそのように妙に気に入られたせいか、あの青年は今後もベンジャミンのもとを訪れることにしたようだった。ベンジャミンは断ろうとしたが、傍らにいた研究員に大慌てで止められてしまった。ロイドが帰ったあとで、研究員は興奮した顔でベンジャミンに語った。

『これは好機です！　魔法の素質に恵まれた相手に研究への協力をお願いできるわけですし、何よりルイニングの支援を受けられるかもしれないじゃないですか！』

第四研究所は他にくらべて自由な気風だと言われる。研究という目的のために身分や序列の枠が取り払われているからだ。しかし裏を返せば、それだけ地位も大きな後ろ盾もないということだった。そんな状態で、ルイニングの貴公子との接触を持てばどうなるか。周りが沸き立つのも無理はないし、また相手の申し出を拒むなどということができようはずもない。

再び、ベンジャミンはため息をついた。

（まあ、いいか。軽視されようが見下されようが関係ないことだ）

あの青年が自分に何を期待しているのかはわからないが、できることをやるだけだ。失望されたとしても構いはしない。

権威や名誉に対する欲は、とうに捨てていた。

一時的な接触にすぎないだろうという楽観とは裏腹に、ベンジャミンとロイドの交流は継続していた。萎縮《いしゅく》していた研究員たちもいつしか慣れていったほどだ。

ベンジャミンは問われたことだけを淡々と、他の相手に対するのと変わらぬ態度や口調で答えつづけた。明確な回答ができないことも多かったが、その時には素直にわからないとも口にした。

怜悧な美貌の貴公子は銀の睫毛を瞬かせた。

「――わからない、とあなたは率直に言うのだな」

「はい。事実なので」

取り繕わないほうがよほど楽だ、とベンジャミンは思っている。見栄を張るのはとても疲れるし、労力の無駄だ。虚偽は論外である。そのせいで威厳がないなどと笑われても、見栄や威厳で未知が解明できるわけでもない。

ベンジャミンは青年の軽蔑を予想したが、金の目は相変わらず冷ややかだったものの、それだけだった。常と変わらない。やがて青年は言った。

「ではあなたなりの仮説があれば聞かせてください、ラブラ殿」

ベンジャミンは思わず目を見開いた。ロイドの口調がはっきりと改まった――そこに皮肉や嘲りの響きはなく、むしろ淡い敬意のようなものさえ感じたからだ。


研究員が期待したように、ロイドは自ら協力を申し出ることもした。

『借りを作ったままにするのは好きではない。返せる限りは返します』

ロイドの言葉に、ベンジャミンは意外の念を抱いた。青年の思わぬ一面を垣間見た気がした。

そうして一定の間隔で研究所を訪れるロイドの素質をはかるうち、ベンジャミンは驚愕した。

(これはすさまじい……)

青年の、予想の遥か上をゆく才能。習得の早さ。応用力。それを支える恵まれた身体。ルイニングの最高傑作と呼ばれる理由を思い知る。それだけでなく、その才を磨き鍛えるだけの努力をも積み重ねてきている。

ベンジャミンは心から驚嘆し、敬意のようなものさえ抱き――やがて、疑問を抱いた。

(……なぜ、彼はここまでするんだ?)

戦もないこの時代に、ここまで力を追い求める必要はない。

自分や他の研究員のような未知に対する強い好奇心や、知りたいと願う強い欲求にも似ているが、違う。

何か、餓えのようなものに近い。それが青年を駆り立て、学びが得られる場所へと突き動かしている。——そうして動いていなければ死んでしまうとでも言うように。

ロイドという青年は家柄にも自身の素質にも恵まれ、あらゆる人間が羨むものを持っている。にもかかわらず何かに餓えているというのは、ベンジャミンにはひどく不可解だった。

（……才能は人を孤独にするというが……）

ベンジャミンには、それがどういった感覚なのかまではわからない。

雑念に耽《ふけ》っていたとき、ラブラ殿、と青年の明瞭な声がした。ベンジャミンははっと意識を引き戻し、声のほうを見た。研究室の壁に沿った棚、記録文書をおさめた棚の前にロイドが立ち、一部を手にしている。鋭い金の目がベンジャミンを見ていた。

「《瘴気》から魔法を生じさせると強力なものになる——この理論を実践した者は？」

「……いいえ。理論だけで、実践に成功したという記録はまだありません。そもそも、こちらの世界では実験しにくいものでもありますから」

ベンジャミンは答えながら、心の端がかすかに波打つのを感じた。——《瘴気》と魔法に関することは、どうしてもあの紫の瞳の女性を思い出させる。

銀髪の貴公子は文書に再び目を落とした。考え込むように沈黙する。

その横顔を、ベンジャミンは黙って見守った。やがて、名状しがたい感情が湧き上がってくる。

魔法に関して、理論がまとまっているものもそうでないものも、この青年が学べることはなくなりつつある。何かに餓え、貪欲な彼にとってそれは耐えがたいことであるはずだ。

ベンジャミンなりに調べ、つてもだいぶ辿ったが、ロイドが師事できるような相手は見つからなかった。

（これでは……）

——この孤高の青年がまともに師事できる人間はいないのかもしれない。

立ち止まることのできない生き物は、行き先も定まらぬままに荒野をやみくもに走るしかなくなってしまう。その果てにあるのは——。

ベンジャミンはつい悲観的な気分になり、それを顔に出さないように強く抑え込まなければならなかった。

ゆえに、青年の小さな独白を聞き逃した。

文書に目を落としたまま、銀髪の青年の唇がかすかに動く。

「——ウィステリア・イレーネ＝ラファティ」

こぼれ落ちたその名は、泡沫のように弾けて消えた。

1巻電子書籍特典SS◆望外の師

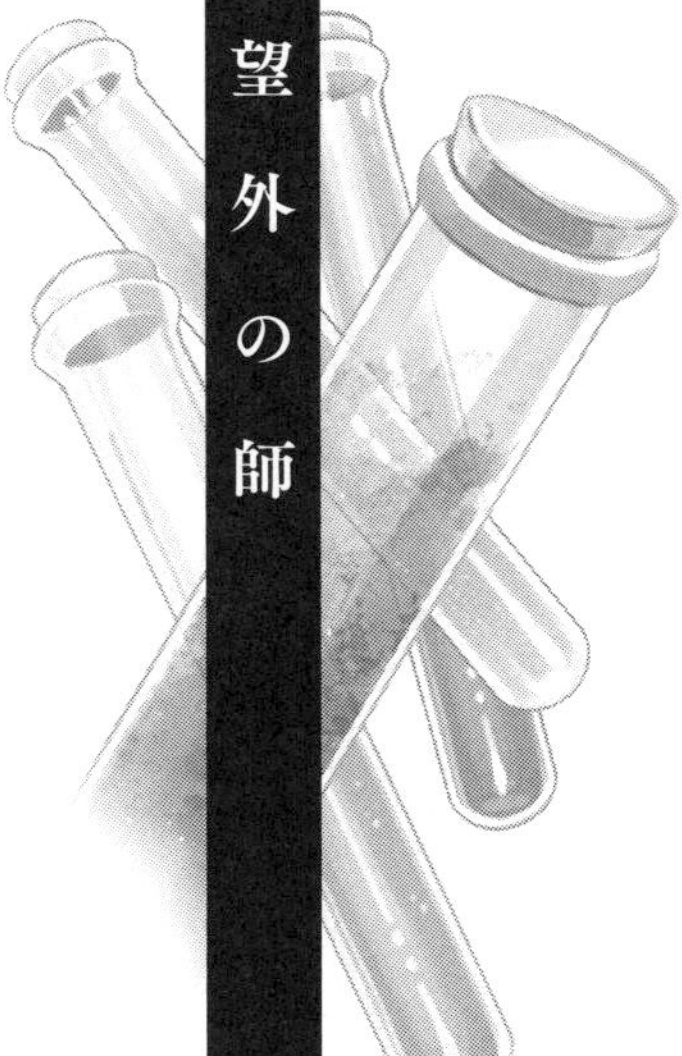

1巻電子書籍特典SS
【望外の師】

永野水貴から一言

まだよそよそしさが濃かったころの師弟のお話です。いまとなっては結構貴重かもしれません。ウィステリアはわりと教えることが得意なところがあって、色々考えながらロイドに教えているようです。誠実に考えてくれていることがわかったため、ロイドも素直に聞くことにしたとかなんとか。ウィステリアが言語化が難しいと思っている部分などは、ロイドはなんとなく察して感覚をつかんでいたりということがあるようです。

「どうやって学ぶのですか？」

弟《ルイス》の問いに、ロイドは一度だけ目を瞬かせた。近衛騎士の詰め所にいたロイドに、別件で近くまで来たルイスが立ち寄った。そして挨拶もそこそこに、誰かに師事して魔法を学ぶには——という問いを投げかけてきたのだった。

「どうやっても何も、観察して模倣するだけだ」

「うわあ！　そうではなくてですね！　……ああいや、兄上に聞いた僕が愚かだったのか……」

ルイスは肩を落とし、力なく笑った。それから困惑したように頭の後ろをかく。

「僕も、他の方に師事しようと思っていまして。その際、素早く学び取るための極意のようなものがあるのかと思ったんです。そこまでは行かずとも、兄上が何を注意してどのように観察しているのかを教えていただければ、少しでも早く習得できるのではと思ったのですが……」

都合が良すぎるでしょうか、と素直な弟は言う。

ロイドは首に手を当てながら、思案の溜め息をついた。ロイド自身は魔法管理院による基礎修練を最短で終え、その後、自分で学びながら、著名な魔術師や巷間《こうかん》の魔法使いと接触して教えを乞うてきた。

ルイスもそれなりの早さで、魔法管理院による基礎修練を終えた身だ。兄と同じような経緯をたどろうとしているらしかった。

——お前のように素直すぎる人間は特にそうだが、とロイドは前置きした。

「誰かを師と仰いだところで、望みのものはあまり得られない。期待しないほうがいい」

ロイドよりも明るく穏やかな色の瞳が丸く見開かれる。すぐに反問する気配を見せた弟に、ロイドは端的な事実で答えた。

「師事するということは、自分から動いて奪いにいくということだ。こと魔法に関しては、まともに教えを受けられるとは思わないほうがいい」

◆

「外というよりむしろ内側を意識するほうがいいな。皮膚の下に魔力を引き延ばしていく感覚、とでも言えばいいのか……」

『なんだその俗物的な説明は！』

「……ちょっと黙っててくれサルト。君の教え方は非常に迂遠《うえん》でわかりにくいんだ」

ロイドが師と呼ぶようになった女は、両腕を組むようにして立っていた。その腕の中に長大な聖剣を抱え込んでいる。

ロイドは師の言葉を頭に叩き込んだ。

だが意識するまでもなく、その声は妙に耳に馴染んだ。少し硬質な中音《アルト》でありながら、柔らかい響きがあるからだろうか。どこか、音楽的な響きさえ感じるときがある。

ロイドは目を閉じ、教えられたばかりのことを実践しようとする。

《反射》。魔力の膜を張り、体内に侵入しようとする瘴気を防ぐという未知の技だ。

ロイドはゆっくりと瞼を持ち上げる。体が淡く熱を帯びたような感覚があった。――魔力が内側にこもっているのを感じられる。

向き合う形で立っていた師の、紫の瞳が全身を撫でた。その視線には、これまでに浴びた値踏みするような色や媚びはない。

「もう少しゆっくりやってみてくれ。あまり集中しすぎても、むしろ魔力が偏ってしまう」

ああ、とロイドは短く答えた。研ぎ澄ました神経を少しだけ解く――簡単に言われたが、案外難しい。集中を適度に散らすため、頭の片隅で雑念をもてあそぶことにする。

本人は気づいているのかいないのか、師はこの技の価値にあまり頓着していない。もしこの技を向こうの世界の人間が編み出していたら、大いに自分の名声としていただろう。それだけの価値は十分にあり、また向こうの人間はこれほど容易に教えはしない。

(……望外の状況か)

この新たな師は惜しげもなく披露しただけでなく、言葉を選びながら伝えようとしてくる。それはロイドにとって予想外の反応だった。無駄に手の内を隠そうとするものではなく、むしろ相手の理解を促すためという配慮さえ感じられた。

無理に師弟関係となったことで、まともな扱いを望むべくもないことは覚悟していた。ロイドにはそれが当然のことで、実際これまではすべてそうだった。

――かつて教えを乞うた相手を思い出しても、みな年上で気位の高い男たちだったというだけでなく、言葉の表層こそ違えど、その奥にあるものは見栄や保身だった。

もったいぶった言い回しと煙に巻こうとする態度。手の内を明かすまいと警戒し、見下すような冷笑的態度をとる。

だがロイドはそのどれにも食らいついた。まともな説明など得られなくとも、相手を仔細《しさい》に観察し、ごまかしと婉曲の靄《もや》を見抜き、わずかな手がかりから一気に理解と解釈を広げた。

――それが、魔法を教わるということだと思っていた。

うん、とあの通りの良い中音《アルト》が響き、ロイドの雑念を止めた。

次の瞬間、ロイドは自分の全身に熱が均一に巡っていることに気づいた。引き延ばした魔力の感覚。

ああ、とロイドは納得した。

「確かに……皮膚の下、という感覚だな」

思わずそう声にしていた。《反射》に使う魔力の循環について、受けた言葉通りの感覚だったからだ。

『ふん！　未熟者同士、低俗な表現のほうが理解しやすいと――何をするイレーネ!!』

再び喚き始めた聖剣を、師は無言で振って黙らせた。そして、紫の瞳がロイドを見た。

「その調子だ。君はすごいな」

半分呆れ、半分感嘆したような声だった。それは白々しい賞賛も熱狂的な賛美も等しく受けてきたロイドにとって、少し新鮮な響きに感じられた。

ウィステリア・イレーネは、師としては望外なほど誠実な性質であるらしい。

はじめに言葉でやりとりしてから、向こうの世界で聞いていたような人物とは違う――というのはすぐにわかり、ロイドは勢いと直感のまま弟子入りすることに決めた。だが、ここまで望ましい師であるとは思わなかった。

頭の片隅で思考をもてあそびながら、ロイドは師を観察する。優美さを感じる細い眉の下、黒い睫毛に囲まれた紫水晶の目がある。ともすれば妖しさの象徴ともされる紫色は、静かな理性の光を帯びていた。高く細い鼻筋にも色の薄い唇にも、令嬢であったとわかる気品のようなものを見て取ることはできるが、悪とされる要素を見出すことはできない。立ち居振る舞いや佇《たたず》まいにも落ち着きがあった。

ロイドの脳裏に、ベンジャミン＝ラブラの言葉が谺《こだま》する。そして疑問が小さく芽吹く。

――なぜ、この女は冤罪を着せられたまま追放処分に甘んじたのか。

誤解があった、と一度は拍子抜けするほどの軽い答えが返った。だが思い返せばそれすらも違和感を強める材料にしかならない。

「何だ？」

視線に気づいたのか、黒い睫毛を瞬かせて師は言う。ロイドはいや、と短く答え、教えの続きを促した。頭の隅に芽吹いた疑念をいったん追いやる。

疑念に対する明確な答えが得られないことはわかっている。だがそれで構わない。

必要なのは、魔法と聖剣の情報だけだ。

（問題はない）

――少なくとも、今はまだ。

2巻TOブックスオンラインストア特典SS

黄金の意味

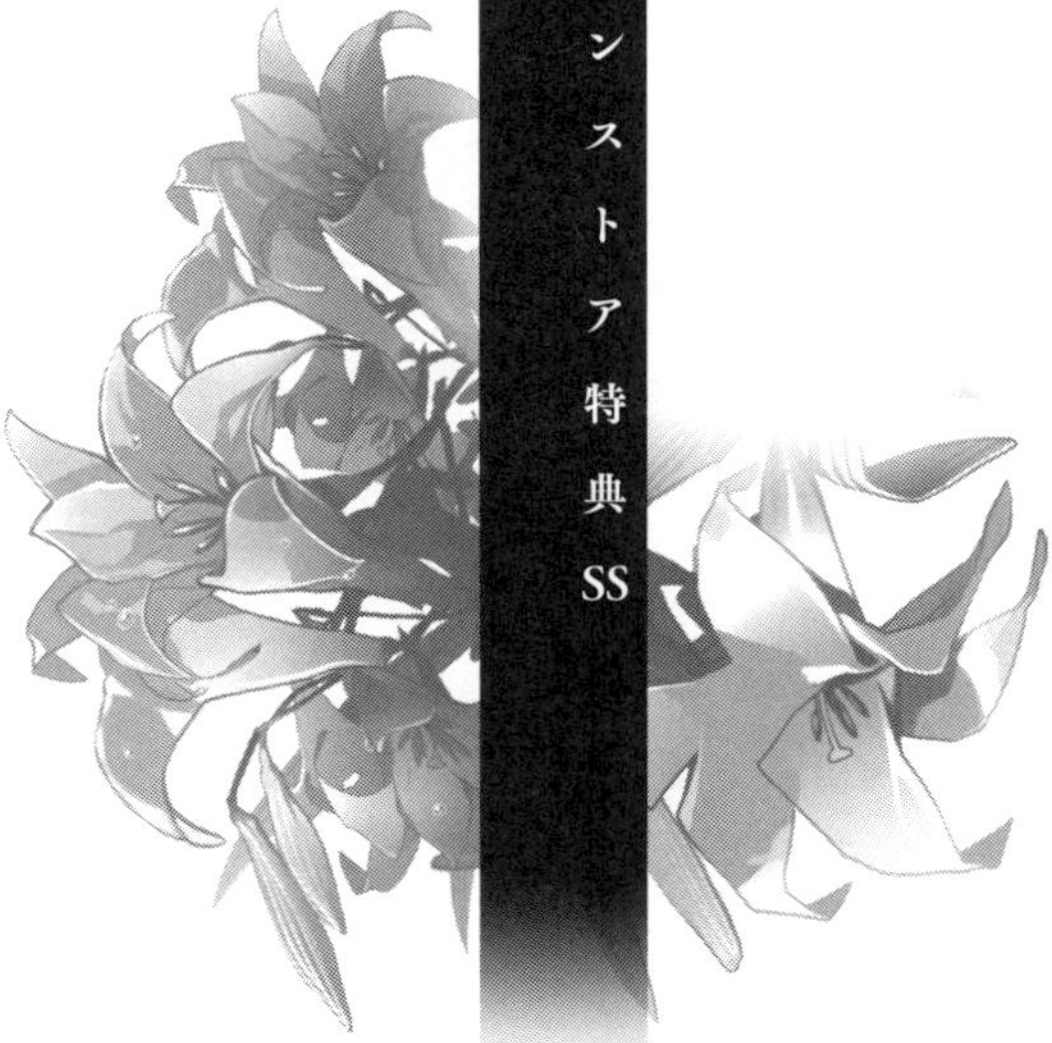

2巻TOブックスオンラインストア特典SS

【黄金の意味】

永野水貴から一言

特に評判がいいSSの一つです。自分でも、いい感じに得意なものが出せたのではないかなあと思います。ウィステリアは容姿的に結構派手な衣装も似合うと思うのですが、本人の性格的に控えめなものを選びがちらしいです。でも気合いを入れたいとき（？）はきっとがんばっていたのだ……と思います。(思い出すとちょっとせつない)

《未明の地》の空は緩やかに明度を上げ、間もなくもっとも明るい時間帯にさしかかろうとしていた。瘴気のもたらす深い暗さが和らぎ、より遠くの景色まで見えるようになる。

住居のある巨木から少し離れ、ウィステリアはサルティスを腕に抱えて、ロイドと共に大地に降りていた。新たな魔法を教えている最中だった。

青年の明るい銀髪が揺れてその隙間から形の良い耳が見えると、耳朶《じだ》に小さく輝くものが見えた。

「君、耳飾りをしてるのか」

ウィステリアが少し驚きながら思わずそう声に出すと、横顔を見せていたロイドが振り向いた。

金色の目でウィステリアを見たあと、顔を斜めに向け、左耳を見せる。

「これか。以前、妹から贈られた」

言いながら、耳朶を飾る小さな粒を指先で弾く。爪の先ほどの小さな円をした耳飾りは、光の当たり方によって銀色にも金色にも見えた。体内に瘴気が入るのを防ぐ目的で、ロイドは細い銀の首飾りにくわえ、両手首と両足首にも細い輪のようなものをつけている。だが道具のようなそれとは違い、耳飾りは控えめながら明らかに輝きが強く、上質なものとわかった。

ウィステリアはぱちぱちと瞬く。

「妹君から？　珍しいな」

つい耳飾りをしげしげと眺めた。質素な形だけに物の良さがよくわかり、贈り主の思いが伝わってくるようだった。華やかな外見の割に見た目をあまり気にしないロイドの性格からすると、実用性なしにこういったものを身につけるのは意外にも思える。しかし、色合いも形もよく似合っていた。

「護符のようなものだと言っていた」

ロイドは素っ気なく答える。だが、ウィステリアは思わず唇をほころばせた。

「妹君と仲がいいんだな」

青年は言葉では答えず、軽く肩をすくめるだけだった。

◆

――師に何気なく言及されたことで、ロイドはその日のことを思い返した。


「お兄様、こちらを」

満面の笑みで、妹《パトリシア》は言った。その手が差し出したのは臙脂《えんじ》色の布張りの小箱で、それなりのものが中におさめられていることを予感させた。

だがその日は特別な何かがあったわけではない。ロイドが王都のルイニング邸に帰宅するなり、嬉しそうな顔をしたパトリシアに出迎えられ、小箱を差し出されたのだった。

「これは？」

「贈り物ですっ」

「それはわかるが……何のために、」

「とにかく！　受け取ってくださいませ！　お気に召さないのでしたら取り替えますっ」

半ば押しつけられるようにして、ロイドは小箱を受け取った。

「開けるぞ」

「はい！」

笑顔のパトリシアの前で、ロイドは小さな蓋を持ち上げた。中に入っていたのは乳白色の分厚い緩衝材と、埋もれるようにしておさめられた、輝く小さな球体二つ。光の当たり方で、銀色にも金色にも見える不思議な色合いをしている。

これは、とロイドが問う前に、パトリシアは言った。

「耳飾りです。今は、大切な相手にこういったものを贈って、身につけていただいて護符にするのが流行なのだそうです！」

「護符……」

「色や形がお気に召しませんか？　それならば遠慮無く仰ってくださいませ。お兄様の好みに合うものを作り直させます！」

「……いや、そうじゃない」

そもそも受け取らないという選択肢は、パトリシアの中には存在しないようだった。

「わかった。ありがとう」

「はい！　ぜひ片時も離さず身につけてくださいね！」

自分よりも色の濃い、橙色のまじったような大きな瞳に期待が輝き、ロイドは苦笑いした。おそらく身につけた姿を見せるまで、パトリシアは延々とこの目で自分を見つめ、まだかまだかと無言の催促をしてくるに違いなかった。

ロイドは手の中の小箱に目を落とした。

（……邪魔になるようなものではないか）

これよりわずかでも大きく、あるいは揺れるような部品がついていれば、邪魔に感じる可能性がある。神経を研ぎ澄まし、激しい動きを伴うときや戦闘時などは特にそうだ。だがこれぐらいであれば問題なさそうだった。

受け取った翌々日には、ロイドは耳朶に微小な穴をあけ、妹から贈られた小さな護符をつけていた。

兄の耳にきらめくものを見ると、パトリシアはここ数年で一番といえるほど嬉しそうな顔をした。

「よほどのことが無い限りは、外さないでくださいね!!」

満面の笑みでパトリシアはそう念押しした。

その日から、ロイドは小さな耳飾りで常に飾られることになった。毎度付け外しを行うのは単純に面倒に感じたのもあり、ロイドは妹の言うとおりにつけたままにし、やがてその存在を半ば忘れることすらあった。また銀色の長い髪に隠れるのもあり、色としても思った以上に馴染んでいるようだった。

しばらくして、弟のルイスが呆れたような顔を向けてきた。

「姉上……まったく兄離れできなさそうですね」

「どういう意味だ？」

「兄上の耳飾りです。まさか気づいていないのですか？」

ルイスが目を丸くして言い、ロイドは数度瞬いた。

「護符だと言っていたが」

「それもあるでしょうが、その色がですね」

「私の髪や目の色と合わせたんだろう」

「……まあ、それもそうでしょうが」

ルイスはかすかに眉間に皺を寄せる。快活な弟らしくない歯切れの悪い口調が珍しく感じられた。

「なんだ」

「いえ……。まあ、僕たち兄妹は目の色が全員同系統ですし」

うーん、とルイスはうなり、指で頬をかいた。

「僕の考えすぎかな。自分の目の色と同じ耳飾りを贈るのは、相手への特別な感情を示す――というような解釈が流行っているようなので」

姉上は本当に兄上が好きですね――ため息まじりに、ルイスは続けた。

ロイドは浅く息を吐いただけだった。ルイスが何をそこまで気にしているのかがわからなかった。

◆

「……あなたは？」

ふいにロイドがそう問うてきて、ウィステリアは瞬いた。一通り教え、小休止を挟んでいるところだった。異界の空はもっとも明るい時間を越え、間もなく暗さが増してくる。

何気なくロイドの手が顔に伸びてきて、ウィステリアは思わずのけぞりそうになった。が、長い指は左耳のすぐ側をかすめる。指の表で、耳にかかった黒髪を軽くかきわける。

「耳飾りをつけたことは？」

「み、耳飾りか？　それは……あまりなかったな」

「……穴をあけたこともない？」

「う、うむ……？」

ウィステリアはかろうじて平静を装い、動揺を隠すように組んだ腕に力を込めた。思いついたままに言葉を吐き出す。

「夜会用のものなどは大振りなものが多くて、いかにも重そうでな。どうも痛そうに思えてしまって……」

「……痛そう」

顔の周りの装飾であるだけに他より派手に見え、付けるには後込《しりご》みしたことをも思い出す。

ロイドが短く反復する。抑揚の強い声に、ウィステリアはからかいの響きを感じ取った。

「子供っぽいと言いたいんだろ」

「察しがよくて助かる」

「なっ、何が助かるだ！　せめて一度は否定しなさい！」

『今回ばかりはその小僧の言うこともあながち間違いではないな！　もっともその年で子供っぽいなどというのはまったくもって嘆かわしい――何をする!?』

すかさず便乗してくる聖剣を、ウィステリアは素早く逆さまにして黙らせた。

そうすると再び、左耳の側にロイドの手が持ち上がった。今度は指の先が、黒髪を耳にかけさせて白い耳を露わにする。

「耳が薄い。……確かに痛むかもな」

ウィステリアはその言葉に答えられなかった。今度は、ロイドの声に皮肉やからかいの響きを感じなかった。だから余計に困惑する。

指の表が、ほんのわずかに耳の輪郭に触れる。そのくすぐったさにウィステリアはびくりと肩を揺らし、顔を離した。

「ち、小さなものなら大丈夫だろう、おそらく」

ごまかすように、思ってもいないことを口にした。

――ロイドは時折、こういった唐突な距離の詰め方をする。

最初の頃は隙を突かれてたちまちねじ伏せられた。が、今はほとんどそういったことはない。ふっと側に立たれて警戒すれば、ただ高い位置にあるものを取ってくれようとしただけであったり、あるいは雑用をそのまま代わってくれようとしただけだったりする。

つまり、今では不必要に警戒しなくてもいい。そこまで緊張する必要はない――そのはずだった。

（意外に距離感の近い青年なんだろうか……）

ある程度親しくなれば、距離が近くなるのも自然だ。ロイドはこの見た目と態度から近寄りがたく見えたが、あのブライトとロザリーの息子であると考えると、意外にそうでもない面もあるのかもしれない。二人とも気さくで、親しい相手には近い距離で接した。

それにべたべたと触られているわけでもなく、暴力をふるわれているわけでもないので、ウィステリアは中途半端に緊張したまま、ただ抵抗せずにいた。

奇妙に反応に困っていると、腕に抱え込んだ聖剣から声があがった。

『まさか、一度も耳飾りをつけたことがないのか？　さすがにそこまで無粋とは思わなかったぞイレーネ!!　向こうではよほど寂しく垢抜けない姿をさらしていたのであろうな!!』

「……おい。向こうでの装いにまで批判をされるいわれはないぞ。そもそも剣である君になぜ人の見た目のことまで批評されなきゃいけないんだ。口うるさい母親か君は」

『我をそのような凡俗の存在と同列にするな!!　いいか、そもそも我のように悠久の時を生きてきた存在こそ物事の成り立ちを知る生きた存在、人の装いとその意味を根源から知るものであって――』

尊大に喚き散らす聖剣に、ウィステリアはため息まじりに顔を離して少しでもその声から遠ざかろうとした。

が、ふと気づいてぐっと顔を戻した。豪奢な剣を睨む。黒い鞘に包まれ、黄金に翡翠色の宝石が象嵌《ぞうがん》された柄、鍔《つば》の部分には玉の飾りさえある。

「……そういえば君は大層洒落《しゃれ》ているな。きらきらしていて装飾が多い」

『当然だ！　これは荘厳かつ流麗かつ優美かつ偉大と表現するのだ愚か者め！　何をわかりきったことを――』

ウィステリアは、黄金の柄の右端から華美な耳飾りのように下がっている緑と赤の玉に触れた。

「この小さな宝石を一つ取っても大丈夫そうじゃないか？」

『な……っ』

「君がそこまで身だしなみについてやかましく言うなら、その改善に当然協力してくれるんだろうな？」

ウィステリアが常よりずっと優しい声で語りかけると、サルティスが甲高い声をあげる。

『ややややめろ馬鹿者!!　正気に戻れ……!!』

「大いに正気だとも。耳飾りをつくるのにちょうどいい材料がこんなところにあったとは。なあロイド？」

「……確かに」

『!?　いやらしい手つきで触るなバカ恥知らず変態!!　小僧も同意するな!!　おいイレーネそんな目で見るな!!　完全に略奪者の目ではないかっ!?』

ウィステリアが指先で玉をもてあそぶと、サルティスの声が裏返って乙女のような悲鳴に変わる。

ウィステリアは指を離し、勝ち誇った顔で笑った。

「嘘だよ。そんなことするわけないだろ」

『……本当だな!?　真実、心底、誓ってそうだな!?』

「はいはい」

『誠意が足りない!!』

喚く聖剣にウィステリアは笑う。

その様子を、ロイドは束の間無言で見つめていた。そして、短く言った。

「……金だな」

ウィステリアは目を上げた。

「金？　何だ？」

問うと、ロイドは目線だけでサルティスの柄の部分を示した。そして、

「あなたが耳飾りを作って、つけるなら」

とだけ続けた。ウィステリアは目を丸くした。思わず指で耳に触れる。なぜ金なのだろうと思い
――サルティスの柄をまじまじと見る。

「ああ。確かに金属部分が一番多いし、ちょっと削っても大丈夫そうだな」

『おいイレーネ⁉』

「……とはいえ、別に今のところ必要なものでもないからな」

『永遠に必要ないわそんなものっ‼』

再び焦り始めたサルティスに、ウィステリアはまた笑う。何気なくサルティスの柄を見たときに、ふいに脳裏をよぎるものがあった。

そのよぎったものにつられるように、半ば無意識にロイドに振り向いていた。

ロイドもまた、ウィステリアを見ていた。

そうして、ウィステリアは青年の瞳の色を見る。――輝く月のような色。

サルティスの柄に似た、黄金の瞳だった。

2巻発売記念SS

【2巻発売記念SS】

永野水貴から一言

※SS読了後の小話。
「……椿、かしら」

ウィスティリアはぽつりと言い、デイジーは少し理解が遅れた。

「ブライトが、植物で言うと椿に似ているということ？」

「ええ。私の知ってるもので、一番近いのはそれじゃないかしら」

そう肯定して、はにかむウィスティリアの顔に、デイジーは言葉に詰まった。——花言葉などに興味はないのに、その花が象徴するものは知っていた。

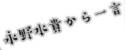

「まだやってるの？」

アンナがそう切り出すと、目の前に座った友人は、驚いたようにすみれ色の目を見開いた。黒く長い睫毛に縁取られて余計に鮮やかに見えるその瞳は、他ではあまり見ない珍しい色だ。

それにティーカップを持つ白く細い指も、たおやかで美しい。

アンナは数少ない友人をこんなふうに自宅に招いて茶会らしきことをしてきたが、その中でも、彼女は際立って整った容姿をしている。

すみれ色の目をしたウィステリアは、ぱちぱちと睫毛を上下させて言った。

「な、何を？」

「研究。あの怪しげな施設に、まだ出入りしてるんでしょ」

アンナの、やや無愛想とよく言われる――本人にそのつもりはない――口調もあってか、ウィステリアは戸惑っているようだった。だが、ウィステリアは小さく頭を横に振った。

「怪しくないわ。意義のあることをしているもの」

「ふうん」

アンナは素っ気なく――これも悪気はない――答え、それきり黙った。いかにもな友人面をして忠告や説教をしようと思ったわけではないのだ。手元の本に、再び目を落とした。

穏やかな午後、アンナの家の応接室で、アンナとウィステリアはテーブルを囲って向き合うように座っている。焼き菓子も紅茶も豊富に出されてはいるものの、年頃の娘二人にしてはかなり静かだった。

向き合うように座っていても、アンナは本を開いたままにしている。友人を迎え、茶会をしながら小説を読むというのが趣味なのだ。客を蔑ろにしているわけではない。むしろいてもらいたかった。気心の知れた誰かが側にいて、のんびりと本を読むのが好きなのだ。話しかけられればきちんと答えるし、視界の端で相手のことも見ている。

この変わった趣味を不快に思わない相手だけがアンナの友人になってくれる。

ヴァテュエ伯爵家の長女、ウィステリアもその一人だった。

ウィステリアは少し困惑気味に、あるいは不安げな目をアンナに向ける。

「私のことで何か言われたの？」

「違う。今さら気にしない」

アンナは本から目を上げないまま、端的に言った。こういう態度が他人には素っ気なく映るらしいことは薄々わかっていたが、なかなか直らなかった。

「変わり者というなら私も負けてない。変わり者に、他の変わり者の悪口なんて吹き込んだって無駄」

アンナが率直に答えると、ウィステリアは目を丸くし——それから小さく噴き出した。

「アンナは、正直者というだけなのに」

「周りはそう捉えないから。そう言うウィスも、大人しくしてればとっくに売れてたでしょ。それだけ見た目が良いんだから。性格も悪くないし」

すみれ色の目が小さく見開かれる。そのあと、ウィステリアは戸惑ったような微笑を浮かべた。

――あまりいい話題ではない。そう思い、アンナはいったん口をつぐんだ。

自分もウィステリアもとうに結婚適齢期だ。まわりの〝まとも〟な同年代の令嬢たちは婚約あるいは結婚し、次々と夫人になっていく。ぼんやりしていてはすぐに取り残される――そんな無言の圧力が周りから押し寄せてくるようだった。

アンナは目を上げてウィステリアをうかがった。

黒い睫毛が伏せられ、紫の瞳は手元のティーカップを見つめている。何か考え事をしているのだろう。

うつむき加減になるとよりわかる、真っ直ぐな鼻の形の良さ。滑らかでほっそりした頬と、やや血色が薄く繊細な唇は、まじまじと観察したくなるほどだ。

黒髪と白い肌との対比がより鮮やかで、血色が薄いのもあって青白く見られることもあるという。それが魔女とささやかれる一因でもあるらしいが、それでも造形の良さを否定できる者はいないだろうとアンナは思う。

実際、ウィステリアは令嬢としてごく普通にしていれば、求婚者には困らないであろう女性だ。

(……どうして、わざわざ)

アンナはまた疑問を持った。なぜ、ウィステリアはよくわからない研究などに手を染めるのか。

実際、本人に何度か聞いたが、ウィステリアは困ったような顔をして、好奇心からだと言葉を濁した。他のことなら、どんなに突拍子のない質問でも真面目に答えてくれるからことさら奇妙だった。

だが、本当に特別な理由があるわけでもないのかもしれない。自分が、こうして友人を招きながら目の前で本を読むという趣味をやめられないように。

（――とはいえ……）

ウィステリアの場合、問題はそれだけではなさそうだとアンナは思う。そう考えるまま、口にした。

「――ブライト・リュクスの、」

「！」

とたん、何気なくティーカップに手を触れていたウィステリアが肩を揺らし、ティーカップが小さな音をたてた。弾かれたように顔を上げたウィステリアと、何気なく本から顔を上げたアンナの目が合う。

「何。ブライト・リュクスと何かあったの？　彼は怖いの？」

「ち、違うわ。そうではなくて、その、いきなりだったから、びっくりして……」

ウィステリアは言い淀み、細い頬にふわりと赤みが宿る。

アンナは一時黙り込んだ。――自分がこんなふうに、格上の貴族でも呼び捨てにして話をするのは今にはじまったことではない。もちろん親しい相手の前だけだし、敬意がないわけでもなく、単に面倒だからだ。

ウィステリアもそれはわかっていて、今さら、ブライトと呼んだことに驚いたというわけでもないだろう。

紫の瞳はうかがうようにアンナを見た。

「……ブライトが、何?」

ウィステリアも、敬称や別称なしに呼ぶ。

――しかし自分と違い、大切なものにそっと触れるような響きだとアンナは思った。

ルイニング公爵家とヴァテュエ伯爵家の交流は知っているし、その子女たちにも付き合いがあるのは知っている。他よりはずっと親しいのだろう。それでも――。

「…………ブライト・リュクスの容姿を植物にたとえるなら何がいいかと」

「植物?」

目を丸くするウィステリアに、アンナはもっともらしくうなずいた。話を誤魔化すためのでまかせだったが、考えて、とウィステリアに振ると、真面目な友人は小さく首を傾げて真摯《しんし》に検討しはじめる。

その様子を見つめながら、アンナは思う。――ウィステリアのこういった真面目さは、好ましいところだ。

社交界における、年の近い変わり者同士ということでなんとなく交流するようになったが、アンナは当初思っていた以上にウィステリアという人物を気に入っていた。自分のこの趣味に文句を言わない稀有《けう》な相手であり、落ち着いているところや、口数が多すぎないところもいい。

――だから、らしくもなくお節介なことをあれこれ考えてしまうのかもしれない。

アンナは他人に興味はないが、それなりに親しい相手は別だ。

そもそも、ウィステリアは妙な研究に参加しているとはいえ、結婚相手の候補として優良なほうだ。

なのに、婚約の一つもないというのは、どうやら本人が乗り気でないからというのがある。無欲で人の好いヴァテュエ伯爵夫妻が無理強いしないからとはいえ、ウィステリアは基本的に従順な性格なので、よほどのことだ。

自分のように、色恋や結婚そのものに興味がないというわけでもない。

——むしろ、その逆かもしれない。

アンナの脳裏に、先日見た光景が浮かんだ。公園で散策していたとき、ウィステリアが、妹のロザリーと一緒に無蓋馬車に乗って止まっているのを見かけた。

ヴァテュエ伯爵家の姉妹が止まって会話している相手は、長身の青年だった。

青年のほうはそのまま立ち話をして、そんな何気ない姿さえ、絵のように様になっていた。短い銀髪で、ちらりと見えた横顔が驚く程整っていた。

まるで淡い輝きを全身にまとっているかのようで、他人にさほど注意を払わないアンナにすら、違う世界に住む人種だとわかる。それほどの人物で、かつウィステリアたちと親しく交流がある相手というと、自然と正体が判明する。

〝生ける宝石〟とまで呼ばれる社交界一の貴公子——ルイニングの後継者。

その貴公子は姉妹とにこやかに会話していた。ウィステリアの隣に座っている妹のほうが、青年を見て、怒ったり驚いたりと目まぐるしく表情を変え、明るく高い声で何かを話している。隣のウィステリアは妹の反応に笑い、貴公子がまた何かを言うと、今度は控えめに笑っていた。

——それでも、本当に嬉しそうな笑顔だった。あんな顔をするウィステリアを、アンナははじめて見た。

妹のほうは貴公子の言葉に拗《す》ねてしまったらしく、ふいと顔を背ける。ウィステリアは慌てた様子で、妹をなだめ、貴公子に対して謝っているようだった。しかし貴公子は気にした様子もなく、むしろ明るく顔を綻ばせている。

――その一瞬、ウィステリアが驚いたようにすみれ色の目を見開き、頬を上気させるのをアンナは見た。

やがて挨拶を交わし、姉妹と貴公子とは別れる。貴公子がややおどけたようにお辞儀して姉妹を見送り、踵《きびす》を返して反対側へ歩いていく。

その姿を、ウィステリアは遠ざかる馬車の上で振り向いて、ずっと見つめていた。隣の妹が訝しむように声をかけていたが、それでも長く見つめていた。

切実な――何かを願うような目だった。

結局、アンナは声をかけることも、そのことについてたずねることもできなかった。

ウィステリアはブライトという人物について、自分からは話さない。決して軽々しくその名を口にしない。つまり、あの日の眼差しは、そういうことなのではないかという気がした。

「……私、もうすぐ結婚すると思う」

アンナがぽつりと言うと、まだ植物のたとえを考えていたらしいウィステリアは、ぴたりと動きを止めた。はっと顔を上げ、驚いたようにアンナを見る。

「そ、そうなの⁉　どうしていきなり……、お相手は……？」

「なんとかっていう男爵家の長男。成金の」

「な……っ、相手のことを知らないの⁉　お父様やお母様が勝手に決めてしまわれたの？」

眉を下げるウィステリアに、アンナは頭を振った。

「誰でも変わらないから。もうそろそろ、諦め時。素行は悪くないし、財産もそこそこあるから、ここで妥協する」

「そんな……」

ウィステリアは返す言葉を見つけられないようだった。

アンナもまた、黙り込んだ。――自分が何を言おうとしているのか、ウィステリアに何を言いたいのかがわからない。止めてほしいとか、同情してほしいわけではない。

そして、自分はそもそもおかしなことを言っていないのだ。

さして財産も地位もない低級貴族の令嬢という身に生まれれば、それなりに財産のある相手と結婚すること以外に選択肢はない。それは生計の道であって、恋愛とは関係ないものだ。空想の恋愛物語に胸をときめかせていた少女たちも、やがて現実を知り、受け入れて世界に溶け込んでいく。

アンナは誰かに恋をしたこともなければ、特別に思ったこともない。この先、胸をときめかせるような恋愛などできないだろうと思う。

そうであれば、適当なところで諦めて早く結婚したほうが面倒がない。アンナはそう割り切り、親の持ってきた縁談に首を縦に振った。両親に従順ないつものウィステリアなら、これが妥当であるとわかってくれそうなものだった。

ふいに、手元の小説の一文がアンナの目に止まった。

〝――それはおそらく最初で最後の、身を焦がすような恋であった。あるいは真実この身を焼き尽くし、破滅へと導く運命そのものであった。〟

自分では体験できそうもないからと、あえて選んだ俗っぽい恋愛小説。現実にはありえない、身分差のある男女の悲恋を描いた内容で、巷《ちまた》では結構な人気作らしかった。良識ある人々には眉をひそめられているらしい。

アンナには単純に、空想は空想に過ぎないと感じられた。この恋愛に熱中する感覚がわからない。

顔を上げ、ウィスステリアを見る。

「ウィスは、結婚しないの。相手に求める条件は固まってる？」

紫の瞳が大きくなる。そしてすぐにアンナから目を逸らした。

「特には、その……ゆ、友好的な関係が築ければいいとは、思っていて……」

ウィステリアは気まずそうにそう答える。明らかに思うところがありそうだった。

アンナは口を開いた。そうして言葉にしかけ、寸前で止める。

（それは、ブライト・リュクスみたいな相手？）

なんとなくそれは言葉にしてはいけない気がした。

だから、そう、とだけ短く答え、また小説に目を戻す。〝破滅へと導く運命〟などと仰々しい単語ばかりが飛び込んできて、まともに文を読めない。

――ウィステリアは、決して傲慢な性格でも、身の程を知らぬ自信家でもない。むしろその逆だ。

だが、だからこそアンナは不安を覚えた。

ウィステリア自身、あの貴公子とは釣り合わないとわかっているはずだ。同じ貴族でも、最上位のルイニング公爵家は文字通りの別格なのだ。他ならまだ現実的に考えることもできるが、あのルイニングの〝生ける宝石〟では相手が悪すぎる。

ブライト・リュクスは、最上位のルイニング公爵家の嫡子で、器量も人望も優れているという評判はアンナのもとにも届いていた。そんな貴公子の隣に並び立つ女性となれば、相当なものを求められるに決まっている。一部の高位の令嬢以外には手が届くはずもない、むしろ届いてはいけない相手だ。アンナには少し考えただけで気が滅入りそうなほどだった。

他の令嬢のように、一時の夢として、空想の恋人とするならまだいい。

しかし幸か不幸か、ルイニングとヴァテュエでは交流があり、その息子と娘たちにも他より親しい付き合いがある。美しい夢で終わらせるには近すぎるのだ。

アンナは、恋愛という夢など見ない。この小説のような、身分差の恋の果てに結ばれるなどということが現実ではほとんどありえないと知っている。身分差のある恋というのはあくまで一時の情熱であって、結婚とは別物なのだ。

――だから、ウィステリアを見ていると心配になる。

ウィステリアは従順な性格だが、日頃から夢見がちというわけでもない。むしろ聡明なほうで、自分自身に対する評価はどちらかというと厳しいところがある。にもかかわらず、結婚を未だ避けている。

結婚と恋愛を混同しているかのように。

あんな目でルイニングの貴公子を見ていたということは、それほど真摯に――思い詰めているということだ。あるいは、本人もそうと気づいていないほどに。

アンナは、一向に読み進められない本から再び目を上げた。

「……ウィス」

そう呼ぶと、すみれ色の瞳が見つめ返してくる。珍しい色の目に、輝く小さな光点が見える。そのせいか、一瞬純粋な少女の顔に見えた。

「なに？」

先を促す落ち着いた声に、アンナは口を開いた。――忠告すべきだ。なのになぜか、言葉にすることはできなかった。なんでもない、と重く頭を振る。

ウィステリアは忙しなく瞬き、どうしたの、と気遣うように聞いてくる。

数少ない友人に、温和で優しいこの友人に、アンナは切り込むことができなかった。

――ブライト・リュクスをどう思っているのか。そう問うには勇気が足りなかった。

ウィステリアは自分に一度も語ったことがなかったから。おそらくは、他の誰に対してもそうだろう。

すべては自分の推測にすぎないのかもしれない。何より、アンナはウィステリアに嫌われたくなかった。

アンナは臆病な自分を罵りながら、胸の中だけでつぶやく。

（それが恋なら、いずれ破滅を招くと思う）


だから、誰にも言わないならそのままで――秘めたものが、ひっそりと朽ちていってくれればいい。手遅れになる前に。蕾のまま枯れて、次の蕾への糧になるように。

ウィステリアにとって、拭えぬ傷になってしまう前に。

声にできなかった言葉の代わりに、アンナは精一杯の忠告を口にした。

「結婚は、諦めが肝心。ウィスも、ましな相手が早く見つかるといい」

いつもの声色で言うと、ウィステリアは驚いたような顔をした。

だが戸惑ったような、そして少しだけ寂しそうにも見える微笑を作って、そうね、と短い答えを返した。

2巻電子書籍特典SS

ルイニングの三番目と不釣り合いな友人

2巻電子書籍特典SS

【ルイニングの三番目と不釣り合いな友人】

永野水貴から一言

デイヴィッド君みたいなタイプは、本人が思う以上に友達が多くできるんじゃないかなあと思ったりしています。性格的にもベンジャミンと合うので、年が離れているわりに友達のように仲の良い伯父と甥になっていそうです。二人が話しているとほんわか（そして少しの哀愁）が漂いそうです。

自他共に認める平凡な男、デイヴィッド＝ラブラには、不釣り合いなものが一つある。

「デイヴ、観劇に行こう！」

「は、はあ。でも、おれなんかでいい……んですか？」

「君を誘ってるんだ」

思わず問い返したデイヴィッドに、太陽のような笑顔を浮かべて応じたのは、社交界でもっとも有名な三兄弟の一人――ルイニングの〝三番目〟こと、ルイス・ジョシュア＝ルイニングだった。

「うおお、眩しい……」

「ん？　何が？」

「いえ、こっちの話です」

ルイスがきょとんとした顔をしたので、デイヴィッドは慌てて手を振った。歌劇を一緒に観に行く約束をすると、ルイスは颯爽《さっそう》とラブラ邸から出て行った。ルイス・ジョシュアは今年で十六歳になり、ルイニング家を継ぐ嫡子ではないが、兄や父の手伝いをする立場で、決して暇な身ではないらしい。

ルイスを迎えた応接室には、デイヴィッド一人が残される。デイヴィッドはソファーに腰掛けたまま、ううん、とうなって腕を組んだ。

そうしていると、ぱたぱたと軽い足音が聞こえてくる。はっとソファーから立ち上がり、逃げようとしたときにはもう遅かった。

「お兄様っ!!　どうしてルイス様を引き止めてくださらなかったの⁉」

姿を見せるなり、デイヴィッドの妹は眉をつりあげて叫んだ。

「引き止めるって、あの人は暇じゃないんだよ。ちょっと話があったってだけで……」

「話って何⁉」

「……今度、歌劇を観に行こうっていう……」

「お兄様が⁉　ルイス様と⁉」

妹は細い頬に両手をあて、悲鳴をあげた。

「どうして、どうしてお兄様なの……⁉」

「……そんなの、こっちが聞きたいよ……」

デイヴィッドはぼそりとこぼした。

しがない男爵家の長男でしかない自分に、なぜマーシアルでも屈指の名門貴族の貴公子たるルイスが親しくしてくれるのか――どう考えても不釣り合いとしか思えなかったからだ。


デイヴィッドは男爵位を賜ったラブラ家の長男である。が、男爵位といっても下級のそれであり、家はさほど裕福でもなければ貧乏でもない。もともと、デイヴィッドの父は家を継ぐ身ではなかった。が、父の兄――つまりデイヴィッドの伯父――が物好きな研究に没頭した結果、家を継ぐどころか結婚も難しくなり、本人にもその気がなかったため、デイヴィッドの父が継ぐことになった。

その父は、平民の母と結婚した。そういうことが許されるくらいには下級の貴族なのだった。

そのせいか、デイヴィッドの両親には野心のようなものがない。デイヴィッド自身も、平穏無事に、堅実に生きていければいいと思っている。

活発な妹には〝枯れている〟とか〝青年期から一気に老境に飛んだ〟などと散々に言われているが、デイヴィッドは自分自身のことをよくわかっていた。とりたてて突出したところのない、中肉中背で平凡な顔立ちの十七歳。可も無く不可も無く。それがデイヴィッド＝ラブラだった。

ゆえに、そんな凡庸の権化のような男には、〝ルイニングの三番目〟の友人などというのはあまりにも荷が重いのである。

かといって、デイヴィッド自身はルイスに対して苦手意識があるわけではない。むしろ、大多数の人間と同じように好意を抱いている。

ルイス・ジョシュアは、あの〝生ける宝石〟ブライト・リュクスの息子だけあって、際立った美青年ぶりで、しかもいつも快活で明るく、気さくだった。あれでは嫌いになれというほうが難しいとデイヴィッドは思っている。――だが、どうやらそうではない人間もいるらしかった。

観劇の約束当日、デイヴィッドはいつも以上に緊張しつつ、必死に着飾った。ルイス自身はまったく悪気はないのだが、なんせあのルイニングの三番目の隣を歩くというだけでも大変なことなのである。

デイヴィッドが劇場の入り口に降り立つと、間もなく、ルイニングの紋章入りの馬車が見えた。扉が開き、ルイスが降り立つ。

「やあ、デイヴ」

にこやかに声をかけられ、デイヴィッドは怯んだ。

（うおお、眩しい……！）

実際に目を細めてしまい、手で庇いたくもなった。

この場にふさわしく、盛装したルイスは常の倍はきらびやかだった。落ち着いた銀色の短い髪を隙なく撫でつけ、豊かな麦を思わせる色の双眸はきらきらと輝いている。意志の強そうな眉に、生気の満ちあふれた瞳、くっきりとした目鼻立ちや品のある口元など、人好きのする要素と並外れた端整さが同居している。艶やかな黒の礼服も、引き締まった体を余計に引き立てている。

「……おれでよかったんですかね。どこかの綺麗なご令嬢とか、もっとこう、それらしき家格のご令息とかのほうが……」

「どうして？　僕は友人として君がいいと思ったんだ。もしかしてデイヴはいやだった？」

「い、いえいえ！　そんなことはないです……！」

デイヴィッドは慌てて頭を振った。ルイスは不思議そうな顔をしていたが、すぐに、じゃあ行こう、とにこやかに促した。

ルイスが当然のように向かった先は、やはりというか特別な席で、デイヴィッドは近寄ったことすらない、二階の正面に近い個室だった。舞台の全貌がよく見える。

デイヴィッドは緊張するばかりだったが、席についたルイスはわくわくした様子を隠そうともせずに舞台を見つめた。その純粋な表情を見ると、デイヴィッドの緊張は和らいでいく。

そして、自分が今こうして〝ルイニングの三番目〟の隣にいることにつくづく不思議な思いがした。

──そもそも、ルイスと知り合ったのは三か月ほど前、ある夜会でのことだった。

本来、ラブラ家の爵位では招待されないであろう夜会に、事業を営んでいる母の特別なつてで、デイヴィッドは参加できることになった。デイヴィッド自身というより、母の強い意向あってのことである。この子は放っておくといつまでもぼんやりして婚期を逃しそうだから、というのは母がここのところよく口にする言葉だった。母の頭の中には、実際に独身のままで家督も弟に譲った、あの温厚な伯父のことがあるのだろう。

事実、デイヴィッドは伯父と気が合った。気質的に似た者同士なのか、話も合う。

──伯父さんはいいなあ。

デイヴィッドはその生き方を羨んだが、伯父のようにはなれないということもわかっていた。そんなわけで、デイヴィッドは母に背中を押され、妹に羨まれ、その夜会に参加した。

そこに、ルイス・ジョシュアも参加していたのだ。とはいえそれだけであったなら、デイヴィッドと〝ルイニングの三番目〟が交流を持つことなどなかっただろう。

幸か不幸か、その夜会では異例なことが起こった。ルイスの踊る相手であった令嬢が、他の令嬢にいきなりグラスの中身をぶちまけられるという事件が起こったのである。

だがルイスの相手が化粧やドレスを台無しにされるということはなかった。とっさにルイスが体を張って庇い、頭からそれを浴びたからである。しかもルイスは眉一つ動かさず、微笑を浮かべたまま穏やかに相手を諭し、落ち着かせることさえして――付添人を呼んでやり、その場をおさめることまでした。

高価な衣装を駄目にされ、美しい髪や顔を葡萄酒色の液体に汚されても、何事もなかったかのように振る舞うルイスの顔を、デイヴィッドはやけによく覚えている。滑らかな頬を伝う酒の雫ですら、まるで演劇の演出のように見えるほどだった。だからなのか、誰もが呑まれたようにすぐには歩み寄ろうとはしなかった。

――しかし実際にそれは現実に起こった光景で、デイヴィッドは顎も外れそうなほど驚き、そして素朴に心配した。

だから思わず自分の上着を脱ぎ、ルイスに差し出した。盛大に汚れた上着のままでは、帰るまで不快だろうから――ただそう思った。

するとルイスは、豊かな麦色の瞳を大きく見開いた。そしてあの、人懐こい笑みをデイヴィッドに向けたのだった。

それが、デイヴィッドとルイスの交流のはじまりだった。


「やはり冒険劇はいいな。デイヴはどうだった？」

「お、面白かったです！　おれ、こんないい席で観るのはじめてで……！」

「はは！　喜んでもらえて何よりだよ」

デイヴィッドは興奮冷めやらぬままに答え、ルイスもまた嬉しそうに応じた。観たばかりの歌劇について語り合いながら通路階段を降りる。劇場を出て帰りの馬車を待とうとしたとき、先に待つ青年たちがいた。青年たちがふいに振り向き、その目が軽く見開かれた。

「ルイス殿？　あなたも来ておられたのですか」

「ええ。奇遇ですね」

ルイスがいつものにこやかな笑顔で答える。声をかけてきた青年は、ルイスとその隣のデイヴィッドを見ると、わずかに怪訝そうな顔をした。

それでデイヴィッドは、またあの気まずさが戻ってくるのを感じた。

（お前誰だ、ってことだよなあ。まあ、おれでもそう思うだろうし）

上流階級は特に、家格の近しい者同士で付き合う。年が近い青年ならなおさらだ。この目の前の青年もおそらく、相応に位の高い貴族なのだろう。向こうからすれば、あのルイニングの貴公子の隣にいるとなれば、高位の貴族の御曹司のはずと思っているに違いない。なのに顔を知らないから疑問に思っているのではないか。

「彼はラブラ家のデイヴィッド。気の良い青年で、話が合うんです」

ルイスは、いたって明るい声でデイヴィッドをそう紹介した。デイヴィッドのほうが内心で冷や汗をかく。

当の相手のほうは小さく目を見開いたあと、薄く微笑した。温度のない表情だった。

デイヴィッドは縮こまった。相手のこの微笑が、冷笑や嘲《あざけ》りを品良く押し隠すためのものであることぐらいは自分でもわかる。

青年はそれきりデイヴィッドに対する興味を失い――あるいは無視することにしたのか――ルイスだけに目を向けた。

「ジェニス子爵閣下のお話をうかがいましたよ。相変わらずのご活躍ぶりですね」

「ええ。兄はどうもじっとしていられない質のようなので」

「はは。華々しい結果を出さずにはいられないということですか。まったく羨ましい才能です。ルイス殿も大変でしょうな」

青年が言うと、ルイスは少し驚いたような顔をした。

「大変？　何がです？」

「いえ、お気持ちは察しますよ。兄君があれほど才に溢《あふ》れた方となれば、弟という立場も大変でしょう。自分より格上の人間が身近にいるというのは複雑だ」

いかにも同情するとばかりに、青年は嘆息まじりに言った。

口を挟めないデイヴィッドは、やや頬が強張る。

（……いやな感じの話し方だなあ）

青年の話し方は、当てこすっているようにしか聞こえない。

兄弟で比較されるというのは身分や年齢関係無しによくあることだが、ルイスの場合は確かにより大変かもしれないとデイヴィッドは思う。

ルイスの兄――ジェニス子爵こと、ロイド・アレンは、ルイスと同じかそれ以上に社交界で注目の的だ。何かと仰々しい称号や異名で呼ばれるのも、それほどの能力の持ち主だからだという。

デイヴィッドからすればルイスも十分すぎるほど人々の耳目を集める存在だった。だからその兄もさぞかしすごいのだろうという漠然とした感覚しかない。実際にルイスの兄を見たことはないから余計にそうだった。

デイヴィッドはちらりとルイスを見た。だがデイヴィッドの心配とは裏腹に、ルイスはからりとした笑顔で応じた。

「自慢の兄です。むしろ、兄に関する良い話は嬉しく思いますよ」

どうぞもっと話してください、とにこにこしながら言う。それで、話を振った相手のほうが返答に窮《きゅう》したようだった。ちょうどその後に馬車が到着し、挨拶もそこそこに相手は去っていく。

デイヴィッドはルイスにもう一度振り向いた。その顔をうかがったが、曇ったところはまったくなく、気分を害したようにも見えなかった。あるいはデイヴィッドには読み取れなかっただけかもしれない。それでも――。

「……兄君とは、仲が良いんですか？」

デイヴィッドはつい、そんなことを口にしていた。ルイスが銀の睫毛《まつげ》を瞬かせる。それから、嬉しそうに笑った。

「僕は兄に憧れているんだ。ああ見えて兄は優しいしね」

デイヴィッドは目を丸くした。ルイスの兄を見たことがないので、ああ見えて、というのはよくわからなかったが、本当に仲が良いのだろうなということだけは漠然と察したのだった。

その後もデイヴィッドとルイスの交流は細々と続いた。その中でも、デイヴィッドは一度たりともルイスが機嫌を悪くしているところを見たことがなかった。

デイヴィッドの知っている範囲でも、ルイスへの嫉妬からか、あるいは本当に他意なく、〝ルイニングの最高傑作〟とも言われる兄と比べられるようなことを何度か言われている。だがそのどれも、ルイスは愛想良く笑って受け止めていた。愚痴一つこぼすでもなければ、反発の気配さえもない。

デイヴィッドはますます感心し、ルイス・ジョシュアという青年の心根の明るさや純粋さに尊敬の念すら抱いた。

（お兄さんのジェニス子爵もきっと優しい人なんだろうなあ）

デイヴィッドの脳裏には自然と、ルイス似の温厚な男性の姿が浮かんだ。確か、ルイスとは六歳差であったと聞く。ルイスがあれほど素直に憧れる人物であるからには、ジェニス子爵も負けず劣らず温厚な性格なのだろう。それでいて、兄弟が並べばさぞかし華やかになるに違いない。

——その予想を確かめる機会は、間もなく訪れた。

その日、ルイスがデイヴィッドを誘った先は、王宮内の騎士団宿舎だった。訓練もかねて宿舎前広場で近衛兵同士の模擬戦があり、関係者の一部が観戦を許されているらしい。兄がいるので観に行こう、というのがルイスの言《げん》だった。デイヴィッドも興味があったので快諾し、宿舎前広場に向かう。

そして――はじめて、ルイスの実兄にして〝ルイニングの一番目〟、ロイド・アレンの姿を目の当たりにした。

（うおお……!?）

デイヴィッドはにわかに混乱した。確かに、兄のロイドは銀髪に金色の瞳でルイスと同じ色彩をしている。顔の造形も似通ったところがある――が、予想とはあまりにかけ離れていた。

ロイドの名が、無敗の成績最優秀者として読み上げられる。周りからどこか白けたような拍手が沸き起こるが、ルイスは目を輝かせて手を叩いていた。

「兄上！」

ルイスが呼ぶと、模擬戦用の剣をおさめたロイドが顔を上げ、弟の存在に気づく。

周りが散っていく中でルイスはすぐに兄の下へ駆け寄った。呆然としていたデイヴィッドも慌ててその後を追った。

「さすがです！　圧勝でしたね！」

「来ていたのか」

「はい！　たいへん面白く観戦しました！」

ルイスは興奮した様子で、だがいつもにも増して弾んだ声で言った。

それを受ける兄のほうは微笑み一つ浮かべるでもなく、答えも淡々としている。先ほどまで何戦もしていたというのに、息一つあがっていなかった。突然、ルイスと同じ色の瞳――しかしルイスのそれよりももっと温度のない鋭利な輝きの――がデイヴィッドを捉えた。

「彼は？」

「ああ、友人のデイヴィッドです。デイヴィッド、僕の兄のロイド・アレンだ。顔を合わせるのは初めてだったね」

ルイスに話を振られ、デイヴィッドは一瞬体を強張らせた。挨拶をしなくてはと思うのに、舌まで固くなる。黄金の双眸に射竦《いすく》められているせいだ。無言で尋問されているような、あるいは捕食者に睨まれた小動物のような気分を味わう。

（は、迫力がすげえ……!!）

明るく穏やかな男性という想像は、この瞬間に砕け散った。

ルイスより六歳年上のロイド・アレンは、まるで人が触れることを許さぬ美しい彫像のようだった。

並ぶとルイスが華奢で小柄に見えるほど背が高く、肩幅も広く、腕や足も長く筋肉に覆われている。弟のそれよりも明るい色の輝く銀髪を首の後ろで束ねており、質素なシャツに黒の脚衣と長靴という装いだが、それが流行の衣装であるかのように洗練されて見える。だがその眼差しの鋭さや見事な体格のためなのか、優美というより精悍《せいかん》という言葉のほうがふさわしい。

デイヴィッドはまともに目を見られないまま、しどろもどろに挨拶をした。

ルイスが明るい声で何かを言い、ロイドが淡白に二、三言答えたようだが、デイヴィッドはその内容をまともに認識できなかった。やがてロイドが背を向けて宿舎に戻って行き、ルイスがにこやかにそれを見送る。

威圧的な気配が消えてから、デイヴィッドはようやく息を吐き出すことができた。ルイスが不思議そうな顔をする。

「どうしたんだ？　もしかして緊張した？」

「……そ、そうです！　あんな迫力のある方とは思っていなかったので……」

「あはは。兄上はあの見た目だし、あまり笑わないからね。でも怒っているわけでも、不機嫌なわけでもないんだ」

ルイスはにこにこと笑いながら、あれが普通なんだよ、と嬉しげに言う。

（ふ、普通……？　笑わないとか、そういう問題じゃないと思うけどなあ……）

デイヴィッドは思わず心中でつぶやいた。が、あのただならぬ威圧感を持った人物を親しげに兄と呼び、怯まず接することができるあたり、ルイスもやはり只者ではないのだろう。

明朗快活、年齢に見合わぬ寛容さと見る者を惹きつける笑顔の弟。人を寄せ付けず、にこりとも笑わない、彫像のように完璧な兄。

（……見事に正反対なんだなあ……）

デイヴィッドはしみじみとそう感じた。まるで冬と春のように対極的な兄弟だと思う。

目的の観戦を果たしたため、ルイスがいったん王宮を出ようと促す。王宮の正門前まで戻ろうと二人で正門前庭園の道を歩いていたとき、ふいに前方をさえぎるものがあった。

「あんたが、ルイス・ジョシュア＝ルイニング？」

うろんな目を向け、ぞんざいな声でそう問うてきたのは、ルイスと同じかそれより少し上と思しき青年たちだった。みな、従士の装いをして、腰には練習用の剣を佩《は》いている。デイヴィッドはいやな予感を覚えて怯んだ。複数人でいきなり前方を塞ぐというのはいかにも意図的で、このルイニングの令息相手にきいていいような口でもない。

当のルイスはきょとんとした顔になる。

「ルイス・ジョシュア＝ルイニングは僕だけど、君たちは？」

「……別にあんた自身に恨みがあるわけじゃない。でも、あんたはあの男の弟だろ」

青年の声が一段低くなり、デイヴィッドは肝を冷やした。

（あの男って……）

さすがにその言い方は相当まずいのではないかとデイヴィッドが感じたとき、横から凛とした声があがった。

「僕の兄に、ロイド・アレンに何か思うところでも？」

ルイスは純粋に疑問を投げかけるように、小さく首を傾げてみせた。だがデイヴィッドには、穏やかな声の響きがいつもとは違うものになったことがわかった。

しかし相手がそれに気づくことはなく、いきなり怒気を露わにした。

「お前の兄は傲慢で冷酷だ。騎士などと名乗っていい器じゃない！」

声を荒らげ、青年は叫んだ。デイヴィッドは今度こそ目を剥いた。そして堪えきれずに声をあげた。

「ちょ、ちょっとあんたら……！　いきなり、何なんだ。さすがにその言い方はおかしいぞ！」

青年たちは、そこではじめてデイヴィッドの存在に気づいたように顔を向けた。たちまち露骨な蔑みの目をする。

「あの貴族様は、無意味に他の近衛の方を貶めた。自分の地位と身分を盾に、無分別な行動ばかりしている。他の方が遠慮しているのをいいことに……!!　無礼を通り越し、卑怯な振る舞いだ!!」

詰《なじ》る青年に、他の青年たちが同意する。デイヴィッドは困惑した。

青年たちが罵倒まじりに糾弾する内容を聞けば、つまり彼らの主たる正騎士が、ルイスの兄に不当に痛めつけられたということらしかった。

だが、デイヴィッドにはにわかには信じられなかった。先ほど相対したロイド・アレンの、厳しいが澄んだ冬の空気を思わせる印象がまだ強く残っている。思わずルイスに目をやると、その顔には微笑があった。しかしデイヴィッドは肩を強張らせた。

ルイスの微笑はこれまでに見た、あの人懐こく春の陽射しを思わせるものとは違った。それは品の良い微笑でありながら、うっすらと寒気を感じさせるようなものだった。

「兄がそんな真似をするとでも？　君たちの言が信用に値するとは思えない。――発言を撤回してくれるかな」

ルイスはあくまで穏やかに言った。だがそこに滲むほのかな鋭さに、デイヴィッドはますます緊張する。

青年たちは色めき立った。

「傲慢な！　やはり、お前もあの兄と同じか……!!」

更に語気を荒げ、青年たちは口々に叫ぶ。デイヴィッドは焦って彼らを諌めようとした。いくらルイスが温厚で寛容とはいえ、このように一方的に言われれば気分を悪くするに決まっている。だが罵りながら青年たちはますます感情を高ぶらせていく。

「何が〝最高傑作〟だ。ただの見かけ倒しだ！　剣のみで戦えない卑怯者じゃ――」

「《凍れ》」

ルイスが短く、青年の言葉を遮る。それと同時に、高く澄んだ音がした。

――デイヴィッドの頬を冬のような冷気が撫でた。

長いため息が、隣から響く。

ルイスは、少しけだるげに銀の前髪をかきあげた。

「本当に――見苦しいと言ったらないな」

そうこぼしたルイスの声はあくまで落ち着きを失わず、嘆いているようにさえ聞こえた。それでいて、その言葉ははっきりと相手を詰り、鋭く糾弾する。

――ほんの一瞬前まで口汚く罵っていた青年たちは一言も発さなかった。

発することができないようだった。

空は雲一つなく、季節は春だというのに、青年たちの足元には強固な霜が張っていた。それは意思を持つように彼らの足と地面とを氷に閉じ込め、動きを封じている。

そして彼らが帯びていた模擬剣もまた、真っ白な霜柱に覆われていた。

デイヴィッドは戦慄する。何が起こったのかすぐにはわからず、遅れて理解した。

（ま、魔法……!?）

そう思い浮かんだとたん、ルイスに振り向いていた。

銀色の髪が、微風でわずかに揺らめく。驚愕の表情で固まる青年たちに向かい――ルイスは、くすりと笑った。

「驚いたな。この程度の力量で、僕の兄を侮辱したのか？」

薄い唇だけが笑い、その声に威圧感が滲んでデイヴィッドは息を呑む。――先ほど、これと似た威圧感を知ったばかりだった。

声を失ったままの青年たちに向かい、ルイスは微笑んだまま続けた。

「君たちがこの程度では、君たちの主も程度が知れる。僕にすら劣るのに、我が兄に勝てるとでも？」

蒼白になっていた青年たちの顔に、さっと怒りがよぎり、紅潮する。たちまち彼らはもがく。だが足を拘束する氷は、岩のように押さえつけて微動だにしなかった。模擬剣に手を伸ばした者も、柄を覆う霜柱の冷たさに小さく悲鳴をあげ、手を跳ね上げる。

「聞こえなかったようだからもう一度言おうか。発言を撤回してくれるかな。それと、謝罪も」

ルイスが、明瞭な声で言う。それはこれまでとは決定的に異なる響きを帯び、デイヴィッドの背をかすかに震わせた。

青年たちもまた怯む様子を見せ、そしてそれを隠すように小さく悪態をついて睨みつける。それでも、体を拘束する魔法の氷にはひび一つ生じない。白く染まった模擬剣も冷気を放つばかりだった。抵抗も動きも封じられ、やがて、青年の一人がうめくように言った。

「――先ほどの言葉を、撤回する」

「それで？」

間髪を容《い》れずルイスはその先を促し、青年は何か言葉を飲み込むような様子を見せたあと、続けた。

「謝罪、する」

低く吐き出されたその言葉が合図であったかのように、他の青年たちも次々と謝罪を口にした。全員がそうしたのを確かめたあと、ルイスは軽く右手を持ち上げた。

「《溶けろ》」

短く告げ、指でぱちりと明るい音を鳴らす。とたん、再び高く澄んだ音がして、青年たちの足を縫い止めていた氷が砕け散った。その破片は空中にきらめきながら消え、剣を覆っていた白も一気に後退していく。

青年たちは驚きも露わにその場で足踏みし、あるいは腰の剣に手を伸ばして確かめるような仕草をした。

その彼らに向かい、ルイスはにこやかな笑顔を向けた。

「兄は忙しい。不服があり、再戦を望むなら僕が相手をしよう。いつでも相手になるよ――君たちの主であろうともね」

軽やかにそう告げたルイスの笑みは、デイヴィッドの目に眩しく――それでいて、有無を言わせぬ威圧を感じさせた。

青年たちは屈辱に顔を歪めながらも、小さく悪態をつくだけで足早にすれ違う。

ルイスは気にした様子もなく、デイヴィッドに向いた。

「変な騒ぎに巻き込んで悪かったね。さあ、帰ろうか」

その声はいつもの気さくで快活な青年のもので――笑顔にも、あの春の陽気さだけがあった。

それでも、デイヴィッドは、こくこくとこれまでで一番素早く首を縦に振った。足早にルイスの後をついていく。

ルイスの兄だからとロイドという人物を誤解していたのと同じく、自分はルイスという人物をそもそも誤解していたのかもしれない。

彼は〝ルイニングの三番目〟。あのロイド・アレンの弟なのだ。

（お、怒らせないようにしよう……）

たらりと背に冷や汗が落ちる。

兄のほうが華々しい話題になり、それに比べて劣っているように語られても、実際はそうではないのだ。

（や、やっぱり不釣り合いじゃ……!!）

思わず声なき声でつぶやいたデイヴィッドの隣で、ルイニングの三番目は先ほどの騒ぎなどなかったかのように、あのまぶしい笑顔を浮かべてデイヴィッドに語りかけるのだった。

3巻電子書籍特典SS

ルイニングの二番目と不相応な謁見

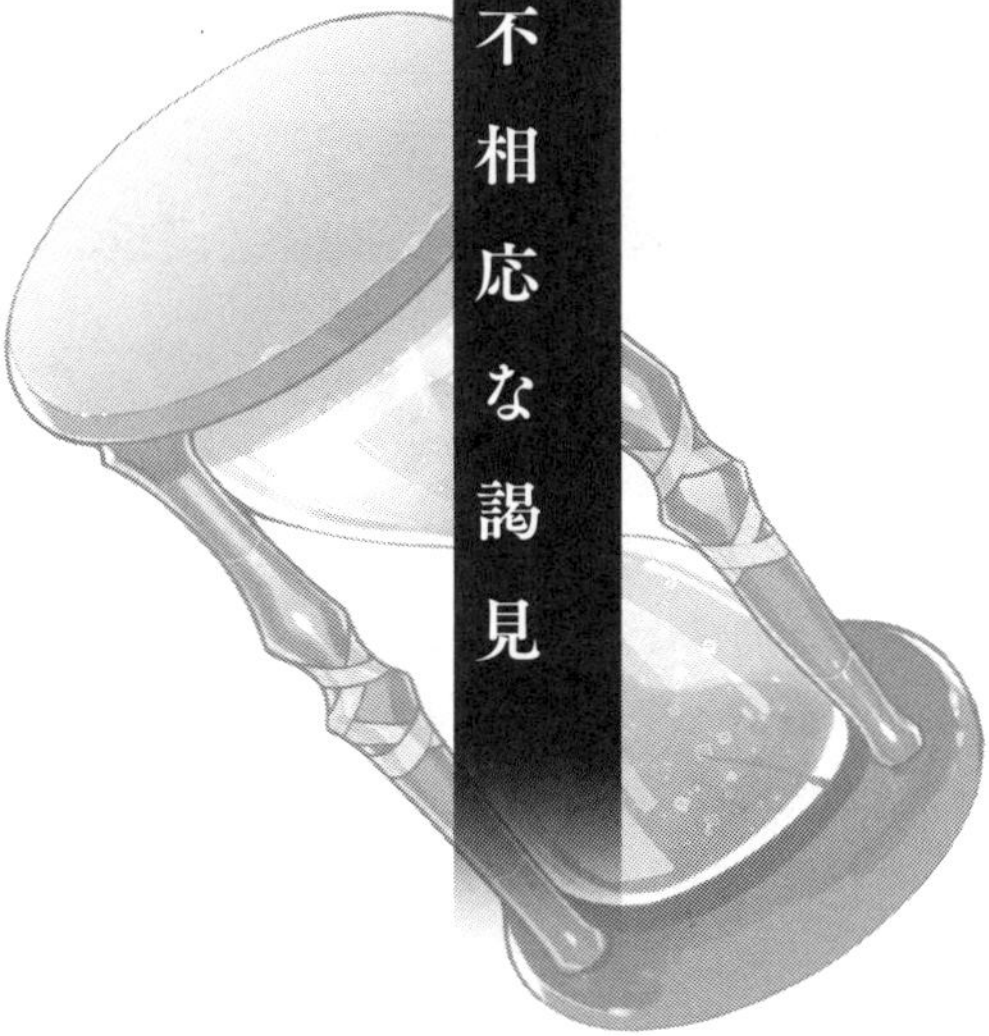

3巻電子書籍特典SS
【ルイニングの二番目と不相応な謁見】

永野水貴から一言

デイヴィッド君は本当に書きやすくて楽しいです。ルイスとパトリシアの力関係なんかもわかる話になっています。基本的に姉には頭が上がらないルイスくんですが、あまり物怖じせず天真爛漫なので、姉とも兄とも仲が良いです。興味を持った相手にはぐいぐい行くので、反応の薄い兄にも気にせずぐいぐい行きます。

「はじめまして、デイヴィッドさま」

にこりと微笑まれてそう告げられたとき、デイヴィッドの心臓はかつてないほど大きく跳ねた。目に映る人は美しく、長い赤毛はひときわ鮮やかで、大輪の赤い花が開いたかのようだった。あまりの華やかさに思わずよろめきかけ、かろうじて留まる。

笑み一つで、まばゆいほどの輝きを投げかけてくる令嬢――パトリシア・ロレイン＝ルイニングを前に、デイヴィッドはまったくどのように対応したらいいかわからずにいた。


――ことの発端は、〝ルイニングの三番目〟の何気ない一言だった。

「パティが……ああ、僕の姉が、君に会ってみたいと言い出したんだ。デイヴさえよければ、一度会ってみてくれないか？」

形の良い銀色の眉を下げて〝ルイニングの三番目〟ことルイス・ジョシュア＝ルイニングがそう切り出してきたとき、デイヴィッド＝ラブラは危うく口に含んだ茶でむせるところだった。

王都内にある小さなラブラ邸の応接間、テーブルを挟んでルイニングの三番目とラブラ家の嫡子が座る光景も、そろそろ見慣れたものになりつつある時期のことだ。

デイヴィッドはかろうじて嚥下《えんか》し、カップを置いたあと、少々行儀が悪いということも忘れて指で自分を示した。

「お姉様がおれに、ですか？」

「そうなんだ。姉は気まぐれなところがあって……君に興味を持ったみたいなんだ。あ、変な意味ではないから安心して」

デイヴィッドは一瞬目を丸くする。

「えーとそれは、おれみたいな人間がルイス様に近づくのを快く思わないとかそういう……」

「そんなことはないよ！　姉は少し思い込みが激しいところがあるけど、そこまで愚かじゃない」

今度はルイスが驚いたように言うので、デイヴィッドは先走った自分に羞恥《しゅうち》を覚え、しどろもどろに謝った。

――ルイスの姉。〝ルイニングの二番目〟ことパトリシア・ロレイン＝ルイニング。

外見は母親譲りでルイスとはまた異なる色彩を持った女性と聞いていたが、それでも美貌のご令嬢という噂だった。ルイスは、父である現ルイニング公に似て、明るく快活な――際立ったという強調がほぼ確実につく――美青年である。そのルイスの姉ともなれば、どれほどの美女か、顔を見ずとも容易に想像できる。

そのルイニングのご令嬢からすれば、家格が遥かに劣るデイヴィッド＝ラブラなどという人物は、弟の友人としてふさわしくないなどと考えてもおかしくはない。が、どうやらそうではないという。

――あるいはここで、自分がもう少し美男子であったり、家柄が良かったりすれば、もしやと甘い予感を抱くこともあったのかもしれないとデイヴィッドは思う。

が、平凡を絵に描いたような自分の身の丈を、デイヴィッドはよく知っていた。そもそもルイスとこうして気安く話せること自体も、稀有な偶然の産物であり、奇跡なのだ。

（……確か、ご婚約されたとかなんとか言ってたか）

社交界の華の一つであるパトリシアは、最近になって婚約したという話だった。となればなおさら、もしやなどという幻想を抱く余地もない。

困り顔のルイスに向かい、デイヴィッドは特にそれ以上考えるでもなく、喜んで、などと答えたのだった。

――そのようなやりとりを経た末に、デイヴィッドはルイスと共にルイニング邸を訪れ、パトリシアへの謁見がかなった。

ルイスが同席し、大きな邸にある庭で、三人での小さな茶会のようなものになる。

パトリシアの向かいにルイスが座り、そのルイスの隣にデイヴィッドは座った。明らかに場違いな自分に冷や汗が出る思いがし、調子よくうなずいた自分に頭を抱えたくなった。

――ルイニングのご令嬢、パトリシア・ロレイン＝ルイニングはにこにこと笑っている。

「良かったわ、真面目そうなご友人で」

「……失礼だよ、パトリシア」

「あら、本音よ。褒めているの。デイヴィッドさまのような誠実なご友人は何より重要ですもの」

おずおずと、だが控えめに抗議する弟を歯牙《しが》にもかけず、パトリシアは言った。

日頃、快活で人懐こいルイスがこのように首根っこを押さえつけられたような様子でいるのを、デイヴィッドははじめて見る。

パトリシアは硬くなるデイヴィッドを見つめ、小さな頭を傾げた。

「そんなに緊張しなくてもよろしいのに。わたくし、そんなに威圧感がありますか？」

「！　い、いえ、そんなことは……！　お、おれにはあまりにも眩しいといいますか……」

――あまりに華やかで、とデイヴィッドは口ごもった。

ルイス同様、パトリシアもその場にいるだけで周りを明るくする華々しさがある。ルイスと並ぶと少し小柄に見え、母親譲りの長い赤毛や輝く大きな瞳が印象的だが、形が良く高い鼻や、やや薄めで人形のような唇などはルイスと共通している。妖艶《ようえん》な美しさではないが、瑞々しく品があり、愛らしさと美しさを両立させたような絶妙な造形だった。弟に劣らず目を引く容貌《ようぼう》だ。

そんな姉弟がそろって側にいれば、凡人を自覚するデイヴィッドには緊張するなというほうが無理だった。――もし、最もルイニング公に似ていると言われるルイニングの一番目までもがここに居合わせたら、自分は気の弱いご令嬢のように失神していたに違いない。

「ふふ。素直な方ね。確かにわたくしをまぶしく感じる方は少なくないようです」

「……さすがパティ、自信が有り余ってだだ漏れ……」

「あらルイス、何か言った？」

「いいや、何も言ってないよ！」

ルイスがたちまち満面の笑みを作って言う。パトリシアは形の良い眉を持ち上げて弟を睨んだ。

そんな姉弟の傍らで、デイヴィッドはただ呆けたように二人を眺めていた。

（仲良いんだなあ……）

先日は、ルイスに連れられて長兄ロイドと会った。そのときにルイスとロイドの兄弟仲が良好であると教えられたが、どうやらパトリシアとルイスもまた仲が良いようだった。

美しい風景を眺めるような気持ちでいたデイヴィッドに、パトリシアが目を向ける。

そうして、にこりと笑った。

「ルイスと仲良くしてあげてくださいね」

「は、はい……！　でも仲良くしてもらっているのはおれのほうというか、ええと……！」

デイヴィッドの頬は熱くなり、焦って声を上擦らせた。

パトリシアが高く軽やかな声で笑う。デイヴィッドはどきりと胸が弾むのを感じながら、それ以上に顔の熱さを堪えきれなかった。隣でルイスが、姉に呆れたような息を吐いているのが聞こえた。


「……おいデイヴィッド。デイヴィッド！」

ぼんやりと記憶にひたっていたデイヴィッドは、友人の声ではっと我に返った。

いつの間にか、数名の友人たちがテーブルを囲み、こちらに身を乗り出している。よく通う茶店で友人と集まり、勉強なのか雑談なのかよくわからない会を開いていたところだった。

デイヴィッドを囲む一人が、手元で本を開いたまま、周囲をはばかるようにしてささやいてきた。

「で、どうだった？」

「え、何が？」

「だから、例のご令嬢のことだよ！　この前、〝ルイニングの妖精〟に直にお会いしたんだろ？」

そう切り出した一人の両傍らで、他の友人も興味津々といった様子で視線を向けてくる。

デイヴィッドは言葉に窮した。ルイニングの妖精――パトリシアを称える異名の一つ――のことをまさにいま、無意識に思い出していたところだったので、動悸がしてくる。

本来なら自分の身分で会えるような相手ではない。家柄の似たこの友人達も同じだった。数奇な縁により、デイヴィッドだけが抜け駆けするような形になったのだ。友人達が露骨に食いついてくるのも、無理もないことかもしれなかった。

デイヴィッドは内心の動揺を悟られまいと必死に平常心を装い、言葉を探した。

「それはまぁ……品のある、美しい女性だった。さすがはあのルイス殿の姉、という感じで……」

「噂通りの美貌か？　顔以外は？」

透かさず食いついてくる友人たちに、デイヴィッドはやや慌てた。さすがに言葉が直接的すぎる、と声をひそめてたしなめようとすると、他の友人が先に肘でつついて発言者を牽制《けんせい》する。

「……そんなによく見たわけではないから」

デイヴィッドは言葉を濁して続けた。――はじめて会った先日以来、妖精と称されるあの明るく華やかな姿が頭から離れないのだとは、言えるはずもなかった。

ラブラ家は男爵位を賜《たまわ》っていると言っても、貴族の中ではだいぶ平民に近いほうだ。古い家門ならまた特別な地位にもなれるが、ラブラ家はそうではない。そして男爵位と公爵位ではそもそも覆しようのない差がある。

なぜか自分に言い聞かせるようにして、デイヴィッドは胸の内でそうまくしたてていた。

「あーあ。いいよなあ、デイヴィッドは。一目会えただけでもさ」

「まあ、中途半端に会わないほうがかえって野心も抱かずに済むかもしれないぜ」

黙り込むデイヴィッドの側で、友人達は好き勝手に言い始める。

「婚約が決まったのもわりと最近だろ。あわよくば、なんて思っていたんだが」

「お前、そんなことを考えてたのか？」

「善人ぶるなよ。男なら誰だってそうだろ。俺たちの祖父みたいな年の男だって狙ってたって話だ。でもやっぱりルイニングのご令嬢ともなると、婚約が多少遅くたって問題ないんだろうな」

しばらく、友人達は年頃の――成り上がりを夢見る――青年らしい会話をしていたが、ふいに矛先をデイヴィッドに向けた。

「それでだ。ルイニングの妖精の好みは？」

「……え？」

「だから、高貴なご令嬢の好みだよ。聞いておけば、今後他のお相手への応用に活かせるかもしれないだろ」

デイヴィッドは軽くむせた。

「知るわけないだろ、そんなの……！」

「でも俺たちの中じゃ、お前が唯一の接触者なんだよ。情報という貴重な財産はみんなで共有すべきだ。なあ？」

「そうそう。俺たちは親しき友、兄弟も同然だ。兄弟に隠し事はなしだぞ」

友人たちがすり寄ってきたかと思うと、家族にするように大仰に肩を抱こうとしてくる。デイヴィッドはのけぞるようにそれを避け、反論した。

「パトリシア嬢には婚約者がいるだろ。それなら、その婚約者が好みだってことになるじゃないか……！」

「……青い。青いぞ、友よ。婚約者は確かに条件の良い男だろうが、悪い評判も良い評判も聞かない。パトリシア嬢が今になって婚約する相手としては、少々平凡——というか物足りない相手という噂もある。それに結婚するのに恋愛なんて要らない。むしろ結婚した後からだ」

いかにも世慣れた人物のようにしたり顔で説く友人に、デイヴィッドは困惑した。

貴族の結婚が、ほとんどが家のためであることは、デイヴィッドですら理解している。高い爵位を持つ家であればあるほど、その傾向は強くなるという。はっきりと表沙汰になるわけではないが、高貴な人間は義務として結婚しながら、秘密の愛人や恋人を持つことも少なくないらしい。

デイヴィッドの両親は、男爵家夫婦というのもあって、そういった外での恋愛はないようだった。あまり貴族らしくないというところが良い方に作用したらしく、気の合う友人のように仲が良い。

そのせいか、その二人の子供であるところのデイヴィッドも、義務の結婚とそれ以外での恋愛というものが頭では理解できても実感はできなかった。

脳裏に、明るい笑い声と華やかな赤毛の、美しい少女の姿がよぎる。

弟と屈託無くやりとりしていた、あの輝くようなパトリシアが、義務の結婚と恋愛とを別にする——というのはあまり想像できなかった。

複雑な顔で黙り込むデイヴィッドを見、友人たちはいかにも親身な顔をしてうなずいた。

「まあ一度会ったきりだからな、情報不足も無理はない。だが諦めてはいけないぞ、友よ。なんせ君には、我々にはない素晴らしい助っ人――ルイス殿がおり、次の好機も望める立場なのだから！」

「な、何で……⁉」

「それに俺たちも協力するぞ！　みなで更なる高みへ、輝かしい未来のために努力しようではないか！」

仰々しい演説をする友人にデイヴィッドは目を剥き、慌てて抗議する。だが陽気な友人たちはまるで聞く耳を持たなかった。


昼下がりの公園は、やや格好を付けて読書を決め込むには、あまりに眠気を誘う陽気に満ちていた。

デイヴィッドは長椅子に座り、学ぶべき本を開いたまま、一ページも進められずにいた。ただ目を開けることに労力のほとんどを費やし、植えられた木々が瑞々しい葉をつけ、柔らかく揺れているのを見る。心和む天気――であるはずが、デイヴィッドの口からは重いため息がこぼれた。

（無理に決まってるって……）

友人たちの主張する〝輝かしい未来のための努力〟を思い、デイヴィッドは本を閉じてうなだれた。――パトリシアに謁見したことを根掘り葉掘り聞かれたあの日、必死に抗うもよくわからない賭けに巻き込まれ、デイヴィッドは負けた。

その末、

『それでは親愛なる友、我が勇ましき同胞よ、我々のためにもう一働きしてきてくれたまえ』

などと背を叩かれ、ルイニングの妖精の好みを聞いてくるという無理難題を押しつけられる羽目になった。友人たちも半分ほどは――あるいはもう少々は――悪ふざけなのだろうが、とにかく何らかの成果がなければ、この先延々とせっつかれるのはわかりきっていた。同じような家柄で、同年代の気の良い友人たちであり、その輪から自分一人が弾き出されてしまうのも困る。

この場合、もっとも無難かつ手堅いのは、ルイスに聞いてしまうことだ。――が、礼節という面で問題があり、ルイスとの交友関係を利用するようで気がすすまない。姉の異性の趣味など、聞かれたルイスも困るだろう。それに大いに誤解を招くおそれもある。

デイヴィッドはうめき、本の表紙にぐりぐりと頭を押しつけた。

「……あら？　もしかしてデイヴィッドさま？」

天啓のごとき澄んだ声がして、デイヴィッドはがばっと顔を上げた。本にすりつけていた頭からはらりと髪が落ちる。

白い傘のつくる影の中、きらめく大きな瞳がこちらを見つめていた。

デイヴィッドは寸前で声をあげるところだった。帽子の下で赤毛を結い上げ、淡い赤のドレスをまとった人物は、まさに思い描いていた美少女そのもの――パトリシアだった。その少し後ろに、付き添いの侍女がいる。二人は、長椅子に座るデイヴィッドから少し離れた道を歩き、通り過ぎようとしていたようだった。

「奇遇ですね。デイヴィッドさまもお散歩に？」

「は、はい！　そ、外で、読書でもしようかと……」

デイヴィッドの声はかすれた。──友人から急かされて思い悩んだ末、パトリシアのようなご令嬢が来そうな公園はどこかと妹に聞き、足を運んだのだとはとても言えなかった。

明らかに目が泳ぐデイヴィッドを見ても、パトリシアは不審な顔をするでもなく、にこりと笑った。

「いいお天気ですものね」

いやみでも、過度な気遣いでもない、ごく自然な感じの良い声だった。

それでデイヴィッドは安心と羞恥の入りまじった気持ちを味わった。自分の落ち着きのなさを恥じると同時、パトリシアのいやみのなさに救われる。

だが少し遅れて、その意味に気づいて喉の奥で小さく声をあげた。

(……そうか。パトリシア様は……慣れてるんだ)

ルイニングの妖精を前に、舞い上がるあまりうまく格好をつけられなくなる男というのを山ほど目にしたに違いなかった。

見も知らぬその男性達にデイヴィッドは同情と親しみを覚えた。そして耳の奥に、なぜか友人たちの〝行け、友よ〟と白々しいほど勇ましく無責任な声が蘇った。

──ああもう、とデイヴィッドは半ば勢いだけで口を開いた。

「その、実は、パトリシア様にお聞きしたいことがありまして……」

「わたくしに?　なんでしょう?」

ぱちぱち、と丸い宝石のような目が瞬く。そのすぐ後ろで、侍女がかすかに目元を歪めてデイヴイッドを睨む。

「ど、どのような人物を好ましいと思われるのか……」

勢いが持ったのはそこまでで、デイヴィッドはたちまちしおれた。

パトリシアが意表を突かれたような顔をする。それでもう、デイヴィッドは逃げ出したい気持ちになった。侍女が向けてくる眼差しも一層冷たい。

――それに耐えきれず、デイヴィッドは寸前で回避を試みた。

「ル……ルイス様のなんですが!!」

裏返った声でそう叫んだとたん、空気がにわかに変わった。一瞬、気まずい沈黙が落ちる。かと思えば、侍女の視線から険しさが消え、奇妙に生温かい眼差しに変わった。

デイヴィッドは顔が熱くなり、同時に冷や汗をかくというかつてない感覚を味わった。

パトリシアの、長く上向きの睫毛が素早く上下する。

「ルイスの好み……ですか？」

「そ……そう、です！」

「まあ。そんなにルイスのことを……？」

「えっ……、いやっ、あの……！」

ルイスに似た色の瞳に見つめられ、デイヴィッドはますます狼狽《ろうばい》した。――何か、とんでもない誤解を招いている気がする。が、なんと弁明すればいいのかわからない。

あたふたと落ち着きをなくし、必死に言葉を探しているうち、パトリシアの軽やかな笑い声が響いた。

「ふふ。面白い方！　ルイスはまだ子供なところがありますの。興味があることといえば魔法のことばかり！　よく兄に教えを乞うていますわ。むしろわたくしよりよほど兄離れできていないのではないかしら」

くるり、と傘を回してパトリシアは言う。可憐な少女を思わせる仕草に、デイヴィッドは無意識に目を奪われた。同時に、思い出す光景があった。冬と春を思わせるような、ルイニングの長兄と末弟。わずかたりとも笑わない長兄に、それでもルイスは嬉しそうに駆け寄り、誰かが兄を侮辱するようなことがあれば冷笑を露わにして毅然《きぜん》と立ち向かった。

パトリシアがまたくるりと傘を回し、小さく首を傾げてデイヴィッドを見る。

「好み、とは違うのですけれど、ルイニングには一途な者が多いのだそうです。一度愛する相手を得ると、生涯その相手だけを愛することが多いのだとか」

「そ、そうなのですか。それは……素敵ですね」

「ええ。わたくしの両親も、とても仲が良くて。羨ましくなってしまうくらいですわ。お父様に愛されたお母様はとても幸せな方です」

デイヴィッドは気の利いた返答をしようと必死に思考を巡らせたが、うまく見つけられなかった。

とにかくなんとか会話を続けるべく、精一杯言葉を接《つ》ぐ。

「た、ただの興味なのですが……、ジェニス子爵は、どんな女性を好まれるのでしょうか」

対話を繋げるためだけの問いだったが、パトリシアの動きが一瞬止まった。デイヴィッドは、え、と喉の奥で小さく声をあげる。

パトリシアはすぐに自然な微笑だけを見せ、手袋に包まれた細い人差し指を、白い頬に当てた。

「お兄様と一時親しくなった女性に、これといって共通点はありませんわ。みな、お兄様に熱を上げていたという意味では同じですけれど」

デイヴィッドは一瞬呆気にとられた。自分には想像もつかない世界だったが、次期公爵ともなれば不思議ではないのだろう。ジェニス子爵ことロイド・アレンは氷の彫像のように整った容貌の持ち主で、人間の色恋沙汰には興味がないのではと思えるほどだったが、決して異性との交遊がないというわけではないらしい。

デイヴィッドが言葉を失っていると、くす、とパトリシアが吐息だけで笑った。

「あのロイド・アレンにふさわしい女性など、そういるはずがありません」

告げられた言葉に、デイヴィッドは静かに目を見張った。パトリシアの赤い唇に、傘のつくる影で色濃く見える瞳に――どこか勝者の浮かべる表情にも似た、あるいは妖艶な何かが滲んだように見えた。デイヴィッドの心臓はまたも跳ねる。緊張、好奇心、それでいてそのどれとも違う名状しがたいもの。

落ち着きを失いながら、デイヴィッドは言葉を絞り出す。――今なら。むしろ今しかない。

「それで、その……これも興味なのですが、パトリシア様は、どういった方を好まれる……のでしょうか」

「わたくし？」

パトリシアは目を丸くし、音を立てそうなほど長い睫毛を上下させた。先ほどまでの表情は消え、また明るく可憐な表情に戻る。デイヴィッドはまたも目を奪われそうになり、慌てて言い足した。

「も、もちろん、パトリシア様の婚約者が素晴らしい方であるという話は聞いていますが……」

石像のように控えている侍女が再び冷ややかな視線を向けてきて、デイヴィッドは一瞬怯んだ。

――これは決してやましい意図からの質問ではない、やむをえない事情があって、と心の中で叫んだ。

くる、とパトリシアが手にした傘をまた回す。ルイスに似た明るい色の目はデイヴィッドから逸れ、ここまで歩いてきた道に向けられる。

デイヴィッドもつられてその道に目を向けたが、人がまばらで程よい静けさであるという以外に、注意を引くものはなかった。

「……わたくしは誰よりも理想が高いですわ。理想そのものを間近で見て育ったのですから」

しん、と降るような声だった。デイヴィッドは振り向く。――何か、胸を衝かれるような響きだった。

だが振り向いてパトリシアと目が合ったときには、もはや隙のない微笑しかなかった。

「読書のお邪魔をしてしまってごめんなさい。またいつでもルイスのもとに遊びにきてくださいね」

それではごきげんよう、と流れるように別れの挨拶を口にして、パトリシアは侍女と共に散歩を再開した。ゆっくりと去っていく後ろ姿に、しかしデイヴィッドは一言も声をかけられなかった。

優美な背は、これ以上話すことはないと雄弁に語るかのようだった。

小さくなっていく後ろ姿を呆然と見つめたあと、デイヴィッドは自分の足元に目を落とす。

パトリシアの、一瞬の形容しがたい表情と声がなぜか気になった。

婚約者について、彼女は一言も口にしなかった。

――誰よりも高い理想。理想そのものを間近で見て育った。

(それは……)

父であるルイニング公爵のことだろうか。だがデイヴィッドの中ですぐに違和感が生じた。

パトリシアが滲ませた、奇妙な妖艶さ。勝者の優越感を思わせる表情。――あの意味は。

〝あのロイド・アレンにふさわしい女性など、そういるはずがありません〟

兄を侮辱されたときにルイスが見せた、凍てつく微笑に似ていた。しかし同じものではない。パトリシアは無礼に怒ったのでも、相手に謝罪を求めていたのでもない。

なのに、それが勝者の笑みだったとしたら――。

(……誰に対しての……？)

そんなことを考えたとたん、デイヴィッドは無意識に息を呑んでいた。

3巻TOブックスオンラインストア特典SS

薄明の中、まだ知らない

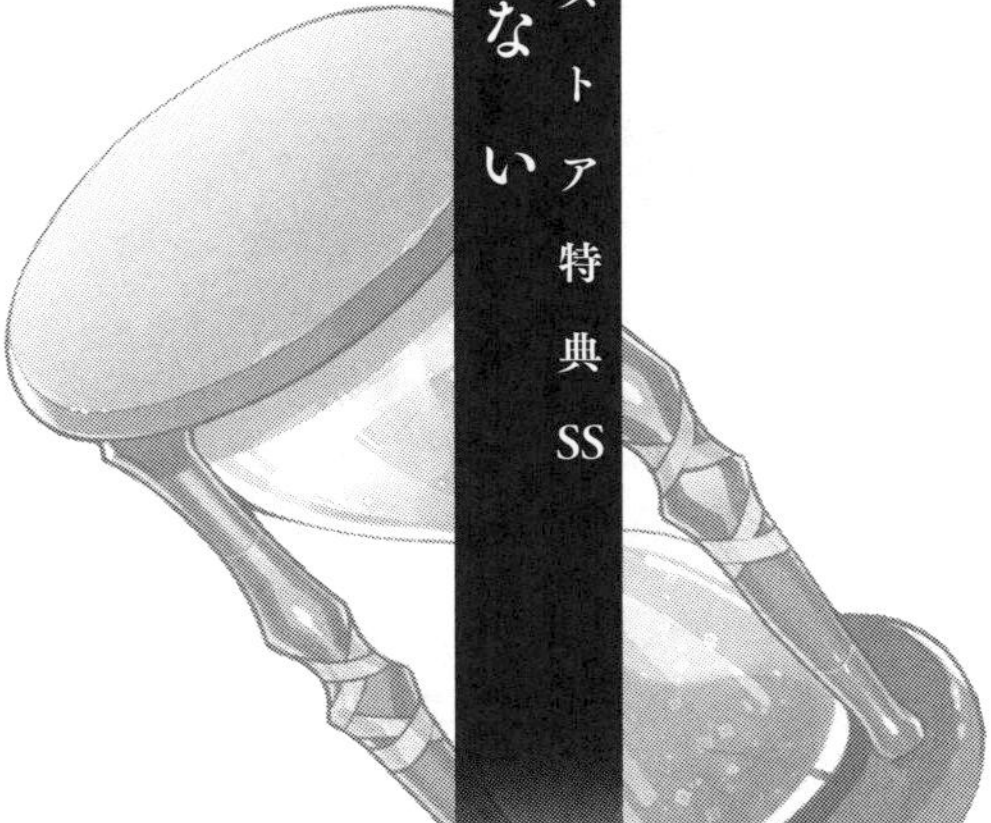

3巻TOブックスオンラインストア特典SS

【薄明の中、まだ知らない】

永野水貴から一言

日々の鍛錬は大事ですね。ロイドは基本、恵まれたフィジカルで超健康優良児なので、どこでも熟睡&早起きができ、フィジカルスペックでごり押しして三日ぐらい徹夜とかでもケロッとしてるタイプです。羨ましい……。
ウィステリアの魔法の描写とかが結構お気に入りです。

むくり、とウィステリアは寝台の上で身を起こした。横の台に置いてある鉱石を見ると、いつもより早い時間を示す色に染まっている。

（……よし）

目は覚めた。今日こそは、と決めていた。寝台から離れて床に足をつけると、足元側から声がした。

『なんだ、いきなり。また一晩無駄に起きていたのか？』

「おはようサルト。老人は常に早起きらしいが、君もいつも早起きだな」

『なんだと⁉　己の身を棚にあげて我を老人扱いするのか⁉　いつの間にお前はそのように無礼な……‼』

「――しっ。静かに。ロイドを起こしてしまうだろ」

ウィステリアは唇の前で人差し指を立てた。それでもお構いなしに喚《わめ》く聖剣を聞き流し、部屋の隅に立ててある衣装掛けから服を取る。

「たまには魔法の練習でもしようかと思って。ずいぶん怠《おこた》ってしまっていたから」

『……なんだいきなり。急に己の未熟さ、ひいては我の偉大さに気づいたとでもいうのか？』

「うーん。まあ、そういうことにしておいてもいいぞ。じゃあ、行ってくる」

ウィステリアは苦笑いし、服を手にしたまま寝室を出た。サルティスは持ち出さなかった。そのまま浴室に向かい、簡単に身支度を整える。

顔を上げて浴室の鏡を見たとき、つい先ほどサルティスに言われた言葉を思い出す。少し耳に痛いものに感じられ、大きく息を吐いた。

――魔法の基礎の鍛錬《たんれん》を怠っていたのは事実だった。

そしてそのことを今まで気にもしていなかったが、自分の弟子で才に溢れた青年が基礎の鍛錬を欠かさず行っていると知り、自分もやらなければと今さらに焦りを覚えたのだ。

――ただでさえ、あの青年には凄まじい勢いで知識や技を吸収され、追い上げられている。才能にくわえて努力も怠らない相手に対し、師である自分が怠けていてはすぐに追い抜かれてしまう。

ウィステリアは居間に出ると、そっとロイドの部屋を見た。起きている気配はなかった。踵《かかと》で床を蹴り、《浮遊》で浮かび上がる。魔力に反応して天井が実体を失うと、そこを通過し、巨木の中を上っていく。頂上へ到達し、そのまま外へ出た。瘴気に満ちた《未明の地》の空は、黎明《れいめい》というにはまだ暗かった。

巨木から少し離れようとしたとき、地上に小さく光が瞬いたような気がした。はっとそちらに意識を向けると、淡い銀影があった。ウィステリアは小さく声をあげた。

――どうやら、既にロイドに先を越されていたらしかった。

《浮遊》で空中に留まりながら少しだけ近づいていくと、ロイドの姿が確かに地上にあった。

ウィステリアに見えるのは、長身の青年の後ろ姿だった。

灰色の長袖の上衣に、黒い脚衣と暗緑色の長靴。腰に剣帯と鞘があり、その両手は抜き身の剣を握っている。薄着のために、彫刻のような広い背、盛り上がった肩、引き締まった腰から長い足までがいつも以上に際立って見える。《反射》が発動していることを示すほのかな銀光が全身を包み、暗い世界の中で一際鮮やかに浮かび上がっている。

その立ち姿は、静謐《せいひつ》で完璧に制御されていた。彫像か絵画のように様になり、ウィステリアの口から、無意識にため息がこぼれ落ちた。

静かな立ち姿のせいか、ロイドに声をかけることはできなかった。いま声をかければ、邪魔になるだけだろう。だが、そのまま離れることもできなかった。見事な構えに目を奪われたというだけでなく、少しの好奇心がうずいた。

（……どんな鍛錬をしているんだろう）

毎朝、ロイドがどんな鍛錬をこなしているのか、具体的には知らなかった。目にするのはこれがはじめてだった。

絵になる静かな佇まいが、一瞬動く。それでもう、静止した絵から躍動する人間に戻った。

正面に構えられていた剣が、鋭く切り上げられる。刃の残像が空に銀の傷を作ったように見え、今度は横に一閃《いっせん》。地平線のような一瞬の輝きが生まれる。ロイドの使う剣は長剣で、重い。それでも、盛り上がった腕や肩が軽々と振るってみせる。

大きな体の半分が逸れ、今度は踏み込み、下がり、目まぐるしい足運びに変わる。音楽もなく舞踏をはじめたように見えた。

――――剣舞。

一つ一つの動きの鋭さ、力強さにウィステリアの目は吸い込まれた。そして間もなく気づいた。

（魔物を……想定してる？）

ただ流麗《りゅうれい》で見事というだけではない。速さや動きの激しさは、儀礼的なものではなく、もっと実戦的なものだった。人ではない敵を想定したかのように。

目を釘付けにされながらも、ウィステリアは感心した。ロイドの動きを追えば、敵対する魔物の姿がうっすら浮かび上がってくるようだった。常から魔物相手を想定し、こうして剣を振るい続けているのだろう。おそらく、ロイドが今まで戦ってきた魔物の動きや攻撃を織り込んであるのだ。

（……おそろしい青年だ）

ウィステリアはかすかに身震いした。才に恵まれただけでなく、鍛錬も怠らない。その鍛錬もただ行うのではなく、経験から学び、最適なものを編み出している。

（……油断も隙もない）

ウィステリアは改めて強く自分にそう言い聞かせた。薄れかけていた危機感が、胸に蘇るのを感じる。ただ漠然とロイドを眺めているだけではなく、自分もすぐに鍛錬を行うべきだった。そのために起きたのだから。

だがそうわかっていても、躍動する青年の姿から目を離すことはできなかった。銀の光が踊っている。刃だけでなく、束ねられた長い銀髪が、闇の中で小さな星のように輝いている。

（もう少し……）

――もう少しだけ。

そう言い訳して、紫の瞳に銀光を映したまま、しばらく動けずにいた。

◆

隣の部屋からかすかな気配を感じ、ロイドは動きを止めた。どうやら師が起き出したらしかった。時計代わりに、と渡され、寝具の側に置いてある鉱石を見る。明け方の時間を示している。だがそれで確かめずとも、ロイドはほぼ毎日同じ時間に起きているため、今日もまた同じ時間帯であることを知っていた。

(……珍しいな)

ロイドは心中でつぶやいた。

師が、この時間帯に起きるということはあまりない。あるとすればもっと前の時間、深夜に相当する時間のほうだ。そのときにしても、いつもとは様子が違う。

師の気配は寝室から浴室に向かい、すぐに出た。いつもより身支度がだいぶ速い。そしてすぐ、居間から消えた。

ロイドは寝室を出た。居間はまだ薄暗く、自分以外の気配はない。隣の寝室に目を向けても、その向こうに師が戻った気配はなかった。――外に出たのだろうか。

ロイドはわずかに眉根を寄せた。軽装に剣を佩《は》いて、居間の床を蹴る。《浮遊》で天井に浮かび上がり、すり抜けた。巨木の頂上部から外へ出る。異界の空はまだ暗かった。

暗い空は、ロイドに闇の中をさまよう女と群がる魔の光を思い出させ、にわかに怒りとも不快感ともつかぬものを呼び起こさせた。金の目で師の姿を捜す。だがそうするまでもなくすぐに見つかった。

巨木から《浮遊》で大きく四、五回飛んだほどの距離に師の後ろ姿があった。

魔法の行使を示す淡い紫の光が、細い体を覆って暗い空に浮かび上がらせている。薄い灰色の長袖に濃い灰色の脚衣といった姿で、後ろで緩く束ねた黒髪が風を孕《はら》んで揺れていた。

——あの日の、蝶の形をした魔物に群がられていたときとは様子が違う。

（……何をするつもりだ？）

ロイドはしばらく観察することにした。軽く腕を組んで滞空する。師があの夜と同じ状態ならすぐに引き戻すつもりだったが、そうではないようだ。

ウィステリアはロイドに気づかず、静かな背を向けていた。簡単に束ねられた髪がショールのように揺らめいたかと思うと、その体を包む淡い光から、小さな球体が浮かび上がる。石鹸の泡を思わせるそれが、一つ、また一つとウィステリアの体から離れてゆき、周りを漂いはじめた。

魔力の光であることは、考えなくともわかった。まだ方向性を与えられず、魔法の形を与えられてもいない、純粋な力の放出。

ウィステリアの周りに漂う魔力の光球は、大きさがまばらで、手のひら大のものもあれば頭ほどのものもあり、もっと小さなものもあった。

師が何を意図してそうしているのか、ロイドは少し考えた。だが、師本人の行動がすぐに答えをもたらした。

泡のように漂っていた魔力の光が、一斉に形を変える。球体から、槍の穂先を思わせる鋭利な形状へ。大きさもすべて統一されている。そしてそれがウィステリアを円状に囲み、放射状に外へ突き出す槍のように並んだ。

白い手が、上から下へゆっくりと弧を描く。とたん、光の槍は折りたたまれるように消える。今度は、白い手が下から上へとゆるやかな弧を描く。消えた魔力が、今度は鎖のように連なって伸びていく。

ウィステリアの動きに合わせて、魔力は自在に形を変える。互いに絡み合う鎖のような形から、渦を巻きながら繋がりあう複雑な模様まで、流れるように変えられていく。

ロイドが目にしたことのない技だった。やがてロイドは師の行動の意味に思い当たり、金の双眸を小さく見開いた。

（――制御の鍛錬か）

魔力を制御し、精密に魔法として織り上げるための技。体を巡る魔力を取り出し、思いのままに形を変えるということ自体は高度な訓練というわけではない。

だが、師がいま見せているものほど複雑なものを、それも一瞬で次々と変えるようなものを、ロイドはこれまでに見たことがなかった。魔法というはっきりとした形を与えずにただ魔力を操るというのは、むしろ細かな制御が要求され、習熟度が直に反映されるはずだ。あれほど複雑な形であればなおさらだった。

だが、ウィステリアは苦もなくそれをやってのけている。一つの形から別の形へと、切り替えは流れるように滑らかで、まるで水の形を自在に変えているかのようだ。あまりに自然で、容易なことのようにさえ見える。

——彼女の精密な魔法は、こういった鍛錬によって培われたものだったのか。

ロイドは改めて思い知り、胸中で納得の声をこぼした。

師が、極めて精度の高い魔法を使うことは自分の目で見て知っていた。魔法の威力は、対象までの距離の長さと反比例する。くわえて、敵との距離が開けば開くほど、命中率は下がりやすい。

サルティスが言うような、ウィステリアの得意とする間合いは、通常ならもっと命中率が低いはずだった。

だがウィステリアが狙いを外すところや、威力が足りなかったというところをロイドはほとんど見たことがない。ウィステリアが、魔力の量に際立ったものがあるわけではないことは察していた。

逆に言えば、それほどに魔法制御がずば抜けているのだろう。剣士にたとえるなら、腕力でなく、体捌きや剣技に特化している質なのだ。

魔力の量は生まれつき決まっていて、自分の努力で変えられるのは制御や技のほうだけだ。

この地で生き抜くために、ウィステリアはそれだけの技量を身につけなければならなかったのかもしれない。

——泣いていた、という言葉がふいにロイドの脳裏をよぎった。

聖剣が戯れに口にした言葉。それは、普通の令嬢であった彼女がここに来たことの意味を、そこで生き続けたことの意味をロイドに思い知らせるようだった。

昔の話だと忌避《きひ》するように告げ、目を合わせずに拒んだウィステリアの姿が、やけに引っかかっている。

ロイドは静かに息を吐き、組んだ腕に力を込めていた。――ウィステリアはこの地で生き延び、稀有な魔法の力を身につけた。その事実は感嘆するほかない。

だが今ロイドの胸にあるのは、感嘆と言い切るには荒く、棘のあるものだった。言いようのない感覚を抱えたまま、ロイドは無垢な力と戯れ続ける師を見た。

紡がれた魔力は、瘴気に満ちた空の中で一層紫の光に輝き、ウィステリアの周りで蔓草《つるくさ》のような模様を描く。一度の瞬きの間にそれは解け、大きさのまばらな光の泡に戻って漂う。

白い頤《おとがい》が持ち上げられ、ウィステリアは頭上に跳ねた泡を見る。腕が持ち上がると、垂れる袖から白い手首がのぞき、長い指が伸びた。その指が、小さな泡の一つを弾いた。とたん、光の泡は細かな真珠を散らすように弾け、蝶の形を模しながら再び凝集する。

淡い紫の光に照らされるその輪郭を、ロイドはただ見つめていた。

師の特異な鍛錬を真似るためでも、学ぶべきことを得ようとしたためだけでもない。

――かつてない奇妙な考えが脳裏をよぎった。

人間が存在しないはずのこの地で、暗い空に浮かび、光をまとい、漂う魔力を自在に変幻させる女。

他の誰も、この女がここにいることを知らない。この女のこんな姿を知らない。

上向いた頤の、華奢な首へと繋がる流線を。波打つ黒髪が空中でなびく様を。魔力を自在に操るその手の白さを。無数の真珠のように魔力を散らす指の滑らかさを。

自分以外には誰も。

頭をよぎったそれがロイドにもたらしたのは、サルティスの言うような義憤ではなかった。

――しばらく、ロイドはウィステリアから目を離すことができなかった。

4巻電子書籍特典SS◆焼き尽くす

4巻電子書籍特典SS

【焼き尽くす】

水野水貴から一言

かわいそうな蝶々……と思いました。でもビジュアル的には綺麗なのでは……？　と思ったりしています。

魔法いいですよね。子供の頃から、魔法ってロマンだなあと思い続けています。かっこいいエフェクトについても常々考え、頭を悩ませています。

ロイドと共に手分けして《蛇蔓》を探すと決めてから、ウィステリアは毎朝拠点を出て夜になる前に戻るという日々を過ごした。別行動をするロイドも、暗くなる前には帰ってきた。

拠点から近い《大竜樹》から順に調べていくと、日を追うごとに移動距離は伸び、帰りも遅くなる。

その日は、ウィステリアが先に拠点に戻った。腕にサルティスを抱えながら巨大な幹の内部を下りていき、暗い居間に下り立つ。頭上に軽く手を振って魔力を放出すると、天井の端に埋め込まれた鉱石が反応して光を放ち、照明となった。

ウィステリアは周りを見回し、ロイドが戻っていないかを確認した。もう間もなく夜になる。月も太陽もない《未明の地》の空は常に暗いが、夜の時間帯になると一層濃く闇に染まる。

もう戻って来なければいけない時間帯だった。

（……何かあったのではないだろうな）

胸に、一抹の不安がよぎった。今回はただの別行動ではなく、蛇蔓の駆除、他の魔物との交戦も考えられるとあれば、不安を抱かずにいるのは難しい。

『何を落ち着きのない……！』

「いやその、心配というか……」

『後で不安になるくらいなら念入りに駆除しておけばよかったではないか!!』

「いや蛇蔓じゃなくてロイドのほう」

『なんだと!?　あの小僧は図体が大きなだけの餓鬼だが、それでも幼子ではなし、いちいち帰りを心配する必要などあるまい!! お前はいつから世話焼きの母親になったのだ!』

む、とウィステリアは眉間に皺を寄せた。

「……母じゃないが、私は一応、彼の師だし」

『似たようなものではないか!』

「全然違うだろ!」

ウィステリアが思わず反論したとき、ふいに頭上に気配が生じた。目を向けると、天井が水面のように揺らぎ、そこをすり抜けて碧《みどり》の外套が翻る。左半身にそれをまとった長身の青年が下りてくる。暗緑色の靴の先が居間の床を踏んだ。

ウィステリアはサルティィスを抱えたまま、数度瞬いてロイドを見た。

「……おかえり。何かあったのか?」

「いや」

ロイドは端的に答え、だがわずかに思案げな間を置いた。何かを考えているような様子だった。

ウィステリアは思わずロイドの全身を見た。一瞥《いちべつ》した限りでは、怪我をしたような気配はない。

「どうかしたのか?」

問うても、ロイドはああ、とまた短く応じただけだった。答えにくいことなのだろうか――ウィステリアが胸の中で訝ったとき、ロイドは言った。

「魔物を誘《おび》き寄せるには、どういった魔法がいい?」

思わぬ質問に、ウィステリアは紫の目を忙しなく瞬かせた。

「魔法で誘き寄せる……？」

「何度か試してみたが、寄ってくるものがいなかった」

その言葉が、ウィステリアに納得をもたらした。

だが先に声をあげたのはサルティスのほうだった。

『はっ！　魔物にすら避けられるとは哀れだな小僧!!』

「聖剣殿なら群がられるか？　なるほど、喋る道具なら魔物のほうに近いか」

『道具だと!?　貴様、言うに事欠いてなんと陳腐な!!　お前の役に立たぬ目と耳と鼻と口では我ほどの善と高潔と理性もわからんのか!?』

ウィステリアは呆れて弟子と剣を見た。

――おそらくロイドは、魔法で魔物を誘き寄せようと試みたのだろう。蛇蔓が魔法に反応すると話したから、それを確かめようとしたのかもしれない。

ウィステリアは左腕にサルティスを抱え直し、唇の下に右の人さし指を当てる。

「魔物が好むのは瘴気だ。この地では、自分の体内の魔力と瘴気を合わせて魔法を使うわけだから……魔法の種類というより、そもそもどれだけ瘴気が配合されているかによるな」

「私には、まだ瘴気を扱う力が足りないか」

いや、とウィステリアは軽く頭を振った。

「これだけの期間、瘴気に侵食されずに済んでいるだけでも相当なものだ。瘴気を弾いて侵されないようにしながら瘴気から魔法を使うというのは、もともとが矛盾している。多くの瘴気を使って魔法をなすのはきわめて難しいことではあるんだ。――私のように耐性がある場合を除いては」

ロイドが、銀の睫毛《まつげ》をゆっくりと上下させた。

それに、とウィステリアは付け加え、青年を視《み》た。わずかに目を細め、青年の全身――皮膚の下、血液のように巡る白銀の光を捉える。漲《みなぎ》る力を表すように光は絡み合って力強く循環し、銀の魔力が流れて揺らめくたび、明るい金色にも輝く。

「……君の魔力量は相当なものだ。おそらく、ほとんどの魔法で周りの瘴気を使う必要がない」

ウィステリアは低く抑えた声で言った。一見しただけでわかるほどの際立った魔力量は、青年が〝ルイニングの最高傑作〟とまで言われる所以《ゆえん》の一つだ。

ロイドは数拍の間沈黙していたが、やがてウィステリアを見て言った。

「同じ魔法を使ったときにあなたとどう異なるのか、魔物を誘き寄せるのにどう作用するのかを見たい。少し付き合ってくれないか」

ウィステリアは目を丸くしたが、すぐに了承した。

「わかった。ではどうする？」

「外へ。軽い検証でいい」

ウィステリアはうなずき、抱えていたサルティスをテーブルの上に置いた。

「ちょっと待っててくれ、サルト」

『おい!!　我をただの物のように食卓に置くなど――――!』

「すぐ戻るから」

ウィステリアはサルティスの抗議を振り払って踵を軽く蹴り、《浮遊》で天井を抜けて再び幹の中を上った。ロイドもそれに並ぶ。

巨木の頂上へ抜け、ウィステリアは周りを見回す。空の中、間もなく消えようとするか細い明るさを目に感じた。それもやがて夜の闇に呑み込まれるものだった。

顔を向けると、側に浮かぶロイドが淡く光っていた。《反射》を全身にまとっているために、淡い銀の光に覆われている。長い銀の髪が、暗い空に一層輝いていた。

ロイドは巨木の根の側を目線で示した。

ウィステリアは空を下りていき、ロイドと共に地に下り立った。

「比較に使う魔法はこれでいいか？」

ロイドが言い、左手を軽く持ち上げて握る仕草をした。魔力による明るい銀の光が滲み出す。

ウィステリアは首肯する。基礎的な、火を操る魔法だった。威力や範囲を操ることが容易で、魔物に対する攻撃にも、照明としても使える。

「できるだけ凝縮して、体の周りにとどめてくれ」

ウィステリアが告げると、ロイドはその通りにした。握った手に力が込められると、拳を包む光が輝きを増す。とたん、その輝きは膨れ上がって弾け、身の周りに散る。かと思えば縒《よ》り合って螺旋を作った。光の螺旋はロイドの全身を囲む。それが風に煽られたように揺らめくたび、光は淡い銀からほのかな黄金へと変わる。

魔力で織られた火をまとう姿は、闇夜を払う煌々とした篝火《かがりび》のように見えた。

「ああ。やはり……ほとんど純粋な魔力だな」

ウィステリアはなかば無意識にそうこぼした。素直な感心——そこに、並外れた才能に恵まれた者への羨望と嫉妬が混じる。

訓練により、ロイドは瘴気による阻害の影響を受けにくくなり、元から潤沢だった魔力を更に効率的に扱えるようになっていた。

火の螺旋は、その中にいるロイドの金眼をひときわ輝かせている。

この青年が力を求める理由を思い出し、ウィステリアは自分の中の嫉妬が鎮まるのを感じた。

自分の右手を持ち上げる。ロイドと同じように握る形を作り、紫の光をした魔力を手に集中させる。体を巡るものをそこへ寄せ集める——同時に、周りの瘴気をも軽く吸い寄せる。どれくらい瘴気を集め、どう混ぜ合わせて織り上げればいいかは感覚としてわかるほどになっていた。

暗い紫色の光が引き絞られて、ウィステリアの周りで螺旋を作った。ロイドの体を包む輝く螺旋と違い、紫の螺旋は揺らめくたびに夜のような色を帯びた。

魔力の違いによって見た目こそ異なるが、同じ魔法であり、威力もほとんど変わらない。

ロイドはウィステリアを見つめ、言った。

「黒く混じっているものが、瘴気か」

「そうだ」

ロイドはいったん口を閉ざし、螺旋の火を維持しながら集中する気配を見せた。——魔力の量を調整して、その分に瘴気を取り込もうとしているのかもしれない。

弟子の試行錯誤を、ウィステリアは静かに見守った。

ウィステリア自身も、少し興味があった。サルティスに教えられたように、原理として自分の魔法が瘴気を多く取り込んでいることは知っている。それが魔物を引き寄せやすいことも。しかし自分以外の人間が使う魔法が、本当に魔物を引きつけないのかどうかを確かめたことはなかった。

ロイドの魔法に魔物は誘き寄せられないのか、見てみたいという気持ちが少しあった。

――やがて、音もなく青い光が視界に瞬いた。

ああ、とウィステリアは吐息混じりの声をあげ、目を向ける。

青い光をまとった蝶がどこからともなく現れ、近づいてくる。蝶の形をした魔物。飛びながら縦に分裂したかと思うと、気まぐれに飛んではまた一つに結合する。

羽ばたくたびに、青から青みがかった薄紅へ、紫へ、赤へと寄せては返す波のように色が変わる。

一体、また一体と輝く蝶が現れ、ウィステリアの周りを色の光が舞う。体を覆う螺旋の火のためにそれ以上は近づけない。だが、蝶の魔物のことごとくはウィステリアの側に偏り、銀と金の光には近づかなかった。

「――駄目か」

ロイドが眉間に皺を寄せる。

ウィステリアは苦笑いした。そして、体を包む火の螺旋を解いた。一息で消されたあとには、淡く紫に光る残滓が無数の粒となって散る。

うかがうように飛んでいた蝶たちが、忙しなく羽ばたいてウィステリアの肩や腕に留まった。すぐに新たな蝶が現れ、黒髪にも留まって淡い照り返しを作る。

「もういい。それを払え、師匠」

ロイドが目元を歪め、不快感も露わな声をあげる。

ウィステリアは少し目を丸くした。――魔物が寄ってこないということが、そんなにもこの弟子を不快にさせたのだろうか。

だが高い矜持を傷つけられたがゆえというにしては妙に強い不快感や怒りのようなものを滲ませている。

――ふいに、《関門》について教えた日、ロイドがこの魔物を手で捕らえ、ためらいなく握りつぶしたことを思い出した。

ウィステリアは軽く意識を引き絞り、ふっと息を吐いた。とたん、体の周りに一瞬風が起こり、付きまとっていた蝶の魔物が吹き飛ばされる。光る魔物は縦に横に分裂し、輝く花弁のように舞い散った。しかしすぐにまた、ウィステリアの体に集まりはじめる。

「戻ろうか」

そう告げ、ウィステリアは軽く地を蹴って《浮遊》で浮かび上がる。群がる光の魔物を振り切ろうとする。

「止まってくれ」

その一言に、ウィステリアは引き留められた。地上から少し浮き上がったまま振り向く。

ロイドはこちらを見上げていた。火の螺旋の向こう、金眼が一際鋭利な輝きを宿している。その眼差しの強さにウィステリアは一瞬怯む。

「――そのままで」

ロイドは短く続けた。ウィステリアが意味を問う前に、風が吹く。空中で少しよろけそうになる。群がっていた魔物が、魔力で起こされた風で一斉に後方へ吹き飛ばされていた。

熱がウィステリアの頬を撫でた。

ロイドのまとっていた螺旋の火が巨大な鞭《むち》のようにしなり、側を通り過ぎる。

思わずウィステリアが振り向いたとき、魔物がことごとく火に包まれ、音もなく落下していった。地に落ち、黒ずんだ骸《むくろ》と化してもなお火はすぐには消えなかった。火は銀から金へと揺らめいて、灰も許さぬように地に残っている。

ウィステリアは紫の目を小さく見張り、無意識に息を呑んだ。

「戻ろう、師匠」

何事もなかったかのようにロイドが言う。その身に火の螺旋はなく、《浮遊》によって爪先が地面から離れる。

「あ、ああ……」

ぎこちなく答え、ウィステリアは空を昇りはじめた。すぐ後ろにロイドがついて来る。

――ここまで攻撃しなくともいい、という言葉を、寸前で飲み込んだ。

この輝く蝶もれっきとした魔物であり、完全な無害ではないと教えたばかりだった。過剰な警戒だと感じるのは、自分の気の緩みなのかもしれない。

あるいは、とウィステリアは思い当たり、顔だけロイドに振り向いた。

「……君は、蝶が嫌いか？」

「何も。好きでも嫌いでもない」

「そ、そうか……」

どうでもいいというような淡白な態度に虚勢は感じられず、ウィステリアはますます疑問を抱く。

ならばなぜ、ロイドはこの魔物をここまで追い払おうとするのか。

――まるで、師の体に触れることを許さないかのように。

目の奥で、消えることのない火が揺らめいた。

ポストカードセットSS

【ポストカードセット SS】

永野水貴から一言

あれやこれやと魔物を考えるときはいつも頭を悩ませています。かっこよかったり怖かったり、ぞっとするような部分があるクリーチャーデザインが好きなのですが……（言うだけは自由）ラストあたりの表現が特に気に入っています。ウィステリアの心情と、それを書くための表現がうまく出てきたように思います。

『おい、イレーネ。あの《大竜樹》に何かいる』

サルティスの声に、ウィステリアは一気に警戒を強めた。今日の目的である《蛇蔓》調査を終え、《浮遊》で拠点に戻る途中のことだった。いったんその場で止まり、滞空する。視野を広く持つようにし、異変を捉えようとする。

暗さが深まり、夜になる前の時間帯。ほのかな明るさがかろうじて残っている。空は暗い緑と青が黒の中に帯状に重なり、大竜樹の輪郭が浮かび上がっていた。

——朝に拠点を出て、一度通り過ぎた大竜樹だった。そこに巣食う蛇蔓は既に先日取り除き、朝見かけたときも異常はなかった。

両腕にサルティスを抱えたまま、ウィステリアは目元を険しくした。

「まさかまた蛇蔓か?」

『そうは思えん。が、何か動いたものがあった。慎重に調べろ』

「……わかった」

気を引き締めるようにサルティスを抱え直し、少し速度を落として大竜樹に近づいていく。

(幹も枝も、色は正常……蛇蔓の気配はないように見える。除去しきれなかったものが残っているのか?)

先日、この大竜樹に寄生していた蛇蔓はまだそこまで成長しておらず、簡単に取り除くことができた。完全に除去するのは難しいことではなかった。だが、油断していたのだろうか。

ウィステリアは緊張を強めながら、大竜樹を斜め下に見下ろす位置で止まる。

樹の広範囲を視界に捉えるようにすると、枝や幹の上に動く影が見えた。

サルティスを抱えたまま手に魔力を集め、すぐに魔法を放てるように構える。

息を殺して観察する。

——やがて、幹の表面で長い楕円形の点が動いた。色も変わる。一つではない。変色するいくつもの点は群れのようでもあった。

ウィステリアの体に強い緊張がはしる。だが楕円の群れがふいに膨らみ、まるで小さな蕾が咲くように花弁の形に開いたとき、紫の目を見開いた。

(あれは……)

開いた楕円の正体は、小さな魔物だった。遠目には花のように見える。広がった花弁の中、芯となる部分には鳥に似た頭部が生えている。

開いた花弁状の上体が幹を這い、あるいは方向を変えたとき、花弁を支えるいくつもの触手が見えた。

鳥の頭部に花弁と触手が融合したような、歪な姿。

——だが他の魔物に比べれば、まだ愛らしいほうだった。

ウィステリアはしばらく、その魔物を眺めていた。美しいのかおぞましいのか判別がつかない魔物は、幹の上を這い回っている。幹を傷つけたり、他の異常な行動といったものは見られない。

「……あれ、前に《鳥花》と名付けたやつか？　それとも《花鳥》と名付けたのだったか？」

『どちらも美学のかけらもない名だな！』

「魔物の判別をするのに美学も何も必要ないだろ」

ウィステリアは呆れながら言った。応じるサルティスがいつもの調子であったので、わずかに警戒を解く。――少なくとも、この魔物はそこまで脅威ではない。

以前見かけたときも、そのまま観察するだけで済んだ。

《鳥花》のほうが、しっくりくるか）

観察しながら、頭の片隅でそんなことを考えた。

立ち去ろうか、もう少し監視してからのほうがいいのか悩んだとき、いくつかの鳥花がふいに落ちた。

地に落ちた魔物は姿を変えていた。開いた花のような姿は再び固く閉じて蕾を思わせる細長い楕円形となり、動かなくなる。

（あれは……）

幹を這っていた他の鳥花たちが、ふいに離れた。開いた花弁で風に乗るように空中に浮き、そのまま離れていく。風に飛ばされる花とは比べものにならないほど速い。

魔物は次々と巨木から飛び立ち、落ちた鳥花以外に一体も見当たらなくなった頃、ウィステリアは大竜樹の根元へ降下していった。

地に横たわる蕾のようになった魔物はわずかたりとも動かない。

ウィステリアは地面に下り立ち、慎重に魔物の蕾に近づいていった。

上空からは小さな花のように見えた魔物も、ウィステリアを少し上回るほどの大きさがあった。

「枯れた……、いや死んだのかな」

『そのように見えるな』

ウィステリアはかすかな息を漏らした。前に見たときも、同じようなことがあった。

そして脳裏をよぎるものがあり、ウィステリアは手前の亡骸に向かって歩を進めた。閉じた蕾は間近で見るとひどく色あせ、花弁こそ朽ちてはいないが、触れた瞬間に崩れる枯れ葉のような色をしていた。

その周りに、人さし指と親指で作れる円ほどの大きさをした種がいくつか散っている。

ウィステリアはその一つを拾い上げた。種は黒に近い茶色だが、層をなすように暗い青や赤の色が交じっている。

『おいイレーネ。まさかそれを持って帰るつもりか？』

「まあ、そうだ」

『捨て置けそんなもの！　路傍の石など拾うものではない!!』

「路傍の石でもないし、無害と思われるものに関してはできるかぎり調べておけと教えたのは君だぞ」

喚くサルティスの制止を半ば聞き流し、ウィステリアは再び地を蹴って空に上った。

ウィステリアが拠点に戻ると、居間には既に弟子の姿があった。外套を脱ぎ、剣を鞘から抜いて拭っている。

「遅かったな」

「ああ。少し……寄り道をしていて」

「寄り道？」

ロイドの怪訝そうな声を聞きながら、ウィステリアはサルティスをいったん居間の台座におさめ、持ち帰った種をテーブルの上に置いた。ロイドが目で追う。

「それは？」

「鳥花と名付けた魔物……に付着していた種子だ」

魔物の名に敏感に反応する青年に、ウィステリアは鳥花と名付けた魔物の外見とこれまでに見た行動を簡単に説明した。

「鳥花が死ぬとき、この種子も一緒に散るらしい。この種子自体は別の植物で、魔物ではないようだ」

「……植物の種子を他の動物が運ぶというのはよく聞くが、それに似たようなものか」

「たぶんそうだ」

説明を続けながら、ウィステリアは調理場に立ち、大きな器を取り出して水を張った。その器をテーブルに持っていく。一連の様子を見つめていたロイドが言った。

「なぜ種子を持ち帰ったんだ？」

『愚問だぞ小僧！　遊びでこんなものを持ち帰るとでも思ったか！　実に浅はか!!』

「……では何の実用目的がある」

金の目で冷ややかに聖剣を一睨みし、ロイドは続ける。

ウィステリアはやや気まずく苦笑いしながら、水を張った器に種を浮かべた。浮かんだ種は水上で小さく揺れ、その表面に亀裂が生じはじめる。

「実用的な目的というほどではないんだが……まあ、研究というか、検証のためというか」

『おい!! いかにも調査目的であると言ったではないか!!』

「調査と言えば調査と言えなくもないぞ」

『詭弁ではないか！ 嘘つき!!』

『だだをこねる子供か君は!?』

思わず勢いよく反論しながら、ウィステリアは唇の端を下げた。そうして、水に浮かべた種に目を戻す。

「それは芽吹かせるための処置か。どんな成長の仕方をする？」

ロイドの言葉に、ウィステリアは種を見つめたまま言った。

「こうすると芽が出て、うまくすると蕾がつくが……そこから先はわからないな」

「……わからない？」

訝しげな弟子に、うむ、とウィステリアは首肯する。

「前に、いくつか持ち帰って同じように試した。五つのうち、芽が出たのは三つで、蕾をつけたのはそのうちの一つだった。が、蕾は開くことなく枯れてしまった。何度か同じ実験をしたが、蕾が開くところを見たことがないんだ」

ロイドはゆったりと銀の睫毛を上下させる。

ウィスティリアは種を浮かべた器を壁際の棚におさめ、夕食の支度をはじめた。

闇の中を、ウィスティリアはぼんやりと眺めていた。

――眠りが浅い。

蛇蔓の除去で神経が高ぶっているのかもしれない。こういうときは、寝直すのも難しいと感覚でわかっていた。ひそやかにため息をつき、体を起こす。寝台の足下、台に立てかけたサルティスは沈黙していた。

サルティスを起こさないよう静かに寝台から立ち上がり、足音を殺して部屋を出た。暗い居間に出ると、壁際の棚までゆっくりと進み、小皿に載せてある発光石を反応させた。燭台代わりのそれをテーブルに置いたあと、再び棚に戻る。

中段の棚の一つに、種を浮かべた器がある。

その器をテーブルの上に移し、音が立たないように椅子を引いて腰を下ろした。燭台の明かりを頼りに、じっと種を見つめる。水は室内の暗さを吸い込み、手元の小さな明かりが映り込んだ部分だけ反射している。表面に亀裂の入った種が、ゆらゆらと浮かんでいた。

水のかすかな揺らめきの音さえ聞こえそうな静寂。

だがふいに、その静寂を破る音があった。はっとウィスティリアが顔を上げたとき、寝室の隣、ロイドの部屋の扉が開いた。

ロイドのほうは驚いた様子もなく師を見つめた。

「起きたのか」

「……う、うむ。ちょっとこの種が気になってだな。君は……」

ロイドは手にしていた数枚の木板を掲げた。それは、ウィステリアが記した魔物や異変の記録だった。蛇蔓が出現して以来、寝室に鎮座していたそれを引っ張り出し、いつでも読めるよう居間の隅に積んであった。ロイドがしばしば手にしては読んでいるのは知っていた。

今も、どうやら寝室にも持ち込んで読んでいたようだった。

テーブルを挟み、ロイドが対面の席に腰を下ろす。ウィステリアは軽く手を持ち上げて魔力を少しだけ放り、天井に淡い照明をつけた。

そうして、また種の器に目を戻す。

「――植物を育てる趣味があったのか」

ふいにロイドに問われ、ウィステリアは目を上げた。ぱちぱちと瞬く。ロイドは板の一枚を手にしたまま、こちらを見ている。

「いや、これはただの興味という意味が大きいな。この世界には、花があまりないから」

「《青百合》以外には?」

弟子の答えに一瞬虚を突かれつつ、ウィステリアはうなずいた。――この青年は、教えたことを本当によく覚えている。

「芽吹いて、蕾までつけたのに咲く前に枯れた、というのでは惜しいし悔しいだろう。それにどんな花が咲くのか興味が湧かないか？」

「――異界の植物、という意味では興味がある」

「ふむ。君は、花は好きか？」

「特に考えたことはないな。嫌いでも好きでもない」

淡々とした答えに、ウィステリアは思わず笑った。華やかな見た目に反して実直なところのあるロイドらしい答えだった。

ふと悪戯心が湧いて、この怜悧な青年を花まみれにしてやることを考えた。あるいは女性がうらやむほどの艶と手触りを持つ銀髪に大きな花を挿してやるなどし――。

（いや、普通に似合うんじゃないか……？）

名画や美術品のようになるだけでは、という考えが脳裏をよぎった。

くだらないことを考えている、と自分にため息をつき、器に浮かぶ種に意識を向けた。

亀裂が入った、ということはおそらくこの種は芽吹くだろう。蕾をつけるところまで行くかどうかは、まだわからない。

芽吹き、蕾をつけ、花開く――誰かに恋することを、植物にたとえて語ったのは誰だっただろうか。

「どんな花がいい」

唐突に、通りのよい声がウィステリアの夢想を止めた。ウィステリアは小さく目を見張り、ロイドを見た。金の双眸が見つめ返してくる。

「この世界にあるものに限らず、あなたが好きな花だ」

ウィスティリアはかすかに息を詰めた。うまく取り繕えずに、答えに惑う。

――ロイドは最近、向こうの世界を示唆するような言い方をする。

今このときのように。もしくは向こうの世界に戻れたら、というような暗示をも感じさせる。

聡い青年だから、そういった表現は相手の好むところではないと知っているはずなのに。実際、仮定の話は嫌いだとウィスティリアが告げてからは、しばらく口にしなかった。

あるいは――自分が過敏になっているだけなのか。

ウィスティリアはざわつく胸中を抑え、ただ投げかけられた言葉の内容だけを考えるようにつとめた。

好きな花。好きだった花。

――輝く黄色。快活な橙色。太陽のような赤。そんな花によく惹かれていたと思い出す。

ずっと追いかけていた人の目。その瞳を連想させる色であったから。

ウィスティリアは一度目を閉じ、ゆっくりと開いた。記憶の中と同じ色の目からは視線を逸らし、亀裂の入った暗い種を見つめる。

「もう、忘れてしまったよ」

こぼした声に、器の中の水がかすかに揺れた気がした。

「――本当に？」

ウィスティリアの耳に、ロイドの声が響く。胸の中にまで入り込んで、奥深くを揺らすような声。

追いかけた人によく似た声。
目を上げないまま、ウィステリアは短く肯定する。
（忘れたよ）
誰にも聞かれないまま、答えは薄闇の中に溶けて消える。
紫の瞳で、ゆっくりと水の上を漂う種を見つめていた。
目を上げれば思い出してしまいそうだったから。

――いつか花開くと思っていた、愚かな蕾であったときのことを。

4巻TOブックスオンラインストア特典SS

滲み火照り溶ける

4巻TOブックスオンラインストア特典SS
【滲み火照り溶ける】

永野水貴から一言

コメントがとても難しい話ですね。4巻本編と特にリンクしている話です。合わせて読んでいただけると特に味わい深いかもしれません。表現が難しくて結構試行錯誤していました。パトリシアちゃんは本当にお兄ちゃん大好きだなー、と読み返していて思いました。

――静かにして。

幼いロイドは、熱に浮かされながらそう口にしようとした。

大きな怪我をしたわけでもなければ、重大な病というわけでもない。風邪をひいて熱を出したというだけだ。体が熱く、気怠《けだる》く、すべてがわずらわしい。ただ、静かに眠りたい。

――たとえこのまま永遠に眠りから覚めなくなったとしても別に構わない。

だがロイドの思いは声には出なかった。

ゆえに、寝台の側で涙ぐんでいる母や乳母を遠ざけることはできなかった。

自分の手を握ろうとする母や、弟妹の手をはねのけることもかなわない。

放っておいて――。

熱に浮かされた中でもう一度そうつぶやいて、意識が落ちた。

◆

「お兄様は、他人に触られるのがお好きではないですよね」

ロイドの耳元で、パトリシアがそう声をあげた。組んだ足の上に本を開き、そこから目を離さないまま、ロイドはああ、と短く答えた。後ろから首回りに巻き付く妹の腕を引き剥がすことは、早々に諦めていた。開いた本を肩越しにのぞき込まれることも、今にはじまったことではない。

短い休暇を与えられ、王都のルイニング邸で過ごす必要があった。

家族仲の良さを知られるルイニング家とあれば、ソファーで読書をする長兄と後ろから抱きつく妹などという構図も、さほど珍しいものではない。

パトリシアの明るく軽やかな声が、ロイドの耳に響く。

「でも私は別ですね。だって特別ですもの！　あ、ルイスも一応、弟ということで許されるかしら？」

「……二人とも、もう甘えるような年齢ではないと思うが」

「ふふ！　そう言っても、お兄様は突き放したりなさらないでしょう？　弟妹思いですもの！」

幼い頃の得意げな態度そのままに、パトリシアは言う。

ロイドは反論を諦め、肯定とも否定ともとれる息を吐いた。何かをした覚えはないが、以前から妹には妙に懐かれている。弟であるルイスも人懐こいが、パトリシアほど接触してはこない。

世の弟妹はこんなものなのか、それともパトリシアが変わっているのか、ロイドにはわからなかった。

――正確に言えば、妹だから接触されても不快ではない、というわけではない。

幼い頃、無理に引き剥がしたり離れたりすると、母に似て感情の起伏が大きいパトリシアはすぐに泣いた。ルイスも似た反応をした。

愛情深い母は、悲しげな顔をしてロイドを諭した。なぜ、弟妹に冷たくするのか。

ロイドは困惑した。――なぜ、と聞きたいのは自分のほうだった。母も弟妹も、なぜそのように触れあえるのか。なぜそんなに嬉しそうなのか。

ロイドは、ルイニングが特殊なだけではないかと考えた。貴族であれば、むしろある程度距離のある家庭のほうが普通だ。だが、距離のある家庭は、表を取り繕うだけで冷え切った関係であることが多い。ロイドは、わざわざ家族と不仲になりたいわけでも、彼らの関係を破綻させたいわけでもなかった。

ルイニングの家族にも他家の人間にも自分の感覚のほうが理解されないと悟ったとき、ロイドは反論をやめた。そして、慣れる——諦めるほうを選んだ。

「お兄様、噂になっておりますよ」

肩に顎を乗せ、秘密を打ち明けるような口調でパトリシアは言う。ロイドは開いた本のページをめくった。

「噂になっていない時があったか？」

「まあそうですけれど、私のお友達にも聞こえてきたくらいです！」

「そうか」

「もうー！　少しは気にしてくださいませ！　興味を持ってくださいな！　今度は『氷壁の貴公子』と言われているのですよ！　考案者は誰でしょう？」

さあな、とロイドは本に半分意識を取られたまま答え、頰を膨らませたパトリシアに肩を揺らされた。

好悪いずれのものにせよ、自分がさまざまな異名をつけられているらしいことは、ロイドも知っていた。興味はなかったが、原因はわかっている。

――あの生ける宝石の息子。ブライト・リュクスに酷似した、次期ルイニングの当主。そして未婚。否応にも社交界では注目を浴びる。

どれだけ鬱陶《うっとう》しく思っても、それは生まれたときからつきまとうものと決まっていた。

「氷壁、っていかにも冷たくて近寄りがたい言葉です。本当はそんなことはないのに」

「好きに言わせておけばいい」

「それはその通りです！　でも、クラウディ家の方までもがお兄様のことを冷たい人などと言っていたらしいのです」

パトリシアがいかにも不快げに顔をしかめるのを、ロイドは視界の端に見た。兄によく懐いたこの妹は、本人よりも憤慨しているらしかった。

クラウディ家、と聞いて、ロイドはようやく目を上げた。

「エイプリル嬢か？」

「そうです。お兄様に言い寄っておいて、陰で悪く言うとは！　卑劣ではありませんか⁉」

「……お前が今していることも、言い方次第では密告のようなものになるんじゃないか？」

「私はお兄様のために忠告しているんですっ！」

心外だと言わんばかりにパトリシアが息を荒くする。ロイドは一度口を閉ざした。

――奇妙な、納得に似たものが腹に落ちていった。

クラウディ家の令嬢エイプリルも、ロイドに好意を露わにしてきた女性の一人だった。礼儀を損なわない程度に気さくで機知に富んだ女性と評判で、それを武器に近づいてきた。実際、不快にならない範囲で、エイプリルはロイドに接した。

ロイド自身、己に自信を持つ人物が嫌いではなかった。それが見苦しい過信や横暴に発展しない限り、不快には思わない。

エイプリルの自信と気さくさもそうだった。自信家であるがゆえに、自分の背後にあるルイニングの後継という将来を見る野心はあるだろう。しかしそもそも、そういった野心がない相手など社交界には存在しない。

ゆえに、ロイドはエイプリルの提案を受け入れた。お互いに気が合う、だから一定の間、恋人という関係になってみないか――提案の内容が明白であることも、回りくどい言い方をしないところも悪くないと思った。

あまり触れあいを求めないようなところも好ましく感じた。

（――合わなかったということか）

もし妹の言うようにエイプリルが不満をこぼしていたのだとしたら、そういうことになる。

意識には細波《さざなみ》一つ立たないまま、ロイドはエイプリルとの記憶を呼び起こした。

――潔癖なのね。

そう言って笑っていたエイプリルの顔が、ふっと浮かんだ。直近の夜会で、踊るときに言われた言葉だった。

品位を損なわない程度の強さでエイプリルの腰に手を回し、もう片方の手を互いに重ね合わせ、ロイドは相手を誘《いざな》った。不慣れな少年のようなぎこちなさはなく、過度に女性を従わせようとする強引な動きもしなかった。

ただ、肩に置かれたエイプリルの手や踊るために身を委ねるにしては少々体を寄せすぎているのが気になり、それとなく手を引き、あるいはステップをわずかに変えて自然な距離を保った。

そうすると、エイプリルは耳元に口を寄せ、潔癖、とささやいた。

ロイドはそれを少し訝しく思った。揶揄《やゆ》されるような潔癖であれば、そもそも他人と触れあうことすら厭《いと》うだろう。近衛騎士という職務にもつけるはずがない。

ロイドは見知らぬ人間といきなり触れあえるほど陽気な性格ではないという自覚があったが、それなりに知り合い、まして恋人と呼ぶ関係になった相手には、触れられても拒みはしなかった。

だが、エイプリルにはそうではなかったのかもしれない。不十分だと思われた――彼女もまた、背を向けた女性たちと同じような感覚を持っているのだろうか。

ロイドはまた、本のページをめくる。

（……考えたところで意味がない）

妹は、まったく信憑性のない噂を鵜呑みにするほど愚かではない。だが出所のわからぬ噂だけを信じてエイプリルの意図を決めつけるのも浅慮でしかない。

「エイプリル嬢が私に不満を持っているとしたら、直接私に言うだろう。言わないのなら、無いと同じだ。特別に言えない状況にあるというなら別かもしれないが」

「もう、お兄様。変なところで単純というか純粋なんですから！」

「気にするな。私に本を読ませてくれ」

「あっ、私を追い払うおつもりですか⁉」

ロイドはそれには答えず、首に巻き付いた腕を引き剥がそうとした。が、妹は意固地になって逆に力を込めて抱きついてくる。十五歳になってもまだ子供のような振る舞いをする妹にため息をつき、ロイドは諦めて手を離した。

――なぜか、熱を出した幼い弟妹が母や乳母の手を求めて泣いていたことを思い出した。彼らは、自ら誰かの手を求めることはあっても、放っておいてくれと願うことはない。

◆

――体が熱い。冷たい。どちらなのかわからないものが全身を苛《さいな》む。

息さえ重い。うまく呼吸できない。

視界は暗く閉ざされ、ロイドは淀んだ泥の中に沈んでいた。

手足の感覚が薄い。そこにあるのは火傷か、切り傷か、打撲かあるいは病なのか。わからない。

うまくものが考えられない。

重苦しい泥の中で窒息するような感覚。頭の中まで暗く淀んだものに支配され、そのまま途切れそうになる。

だが、口からわずかに空気が流れ込んでくるのを感じた。温く、ほのかに柔らかい空気。

同時に、自分の中の重く暗いものが吸い上げられていく。その分だけ軽くなり、また意識が途絶えた。

途絶えては浅く戻るということを繰り返す。

そうしてふいに気づく。

淡く熱をもった微風のようなものがすぐ側にいる。人の気配。

ロイドの体はにわかに反発しようとする。しかし肉体は鋼《はがね》の檻《おり》になったように、鈍い意識を閉じ込めるだけで動かせない。

近づくな。放っておいてくれ——意思は声にはならなかった。熱に浮かされた幼い日に、手を払いのけようとした記憶が蘇る。

拒絶の意思を浮かべただけで力尽きたように、ロイドは再び泥の中に引きずり込まれた。

重い闇の中で息継ぎをしては沈み、またわずかに浮かぶ——少しずつ、浮かぶ時間が増えていく。

淡く、だが確かに、内側から苛むものが消えていくのを感じるようになった。吸い上げられ、取り除かれている。

ほのかな熱の気配を、浅い浮上の間に何度も感じた。誰かが長く側にいる。

——払いのけようとしても、その必要はなかった。気配は手を伸ばしてこない。

危害を加える存在ではないと本能で察した。それで、頑なに固まったものが溶けてゆくように体から緊張が解けていった。

意識と体にまとわりつく重い闇を払おうとしてまた失敗する。

今度は暗闇の中で、かすかな声を聞いた。遠く細く谺《こだま》するそれが、不思議なほど意識を引きつける。

――泣いている。

声を押し殺して、吐息に溶けるようにか細く名前を呼んでいる誰かがいる。胸に、淡い熱が置かれる。

とっさに、ロイドは手を持ち上げようとした。喉を動かそうとした。

だが体は動かない。指先一つ持ち上げられず、喉も動かせない。そのことに鈍い苛立ちを覚えることだけはでき、重い泥の中から少しずつ抜け出していた。

そうして、ロイドの意識は唐突に認識する。

――唇の間から柔らかく流れ込んでくる空気に、誰かの呼吸を感じた。吐息。かすかに震えて、揺れている。

かつての恋人であった誰かのもの――違う。

それが何を意味するのかを考える前に、また意識が霧散する。つかみかけていた何かごと、闇に溶けた。

次に再び浅く浮かび上がったとき、頬に、羽が触れるような淡い感覚があった。滑らかな皮膚。ほんのわずかに冷たい。細く、夜気をまとった指。細い清流の水のような感触。

目の下から頬を撫で、そして首筋にそっと触れる。ためらい、ぎこちない指先は、幼い頃に母や弟妹が伸ばした手とも、通り過ぎていった異性のそれとも違う。目を開けば瞬く間に消えるような、脆く臆病な触れ方だった。

——その吐息に、指に触れられるたび、身を苛んでいたものが取り除かれていた。そしてふいに、別のものが湧きはじめる。

暗い泥に抑圧されていた反動のように、体の奥から熱が滲み出す。瞬く間に広がる火に似て全身を巡る。

脆く触れては離れていくこの指を追いかけたい。

吹き込んでは遠ざかるこの吐息を捕らえたい。

宿った熱は体の中に淀んでいたものを焼き払い、鈍かった感覚が次第に戻ってくる。頭を麻痺させていた重い泥の代わりに、熱が上る。体を衝き上げる。火照る。

ぐらぐらと揺れる意識で、ロイドは唐突に悟る。

ああ、側にあるこの気配は、この声の主は。

体を突き動かす衝動に、瞼《まぶた》を持ち上げる。彼女に答えるために。

そして——。

5巻電子書籍特典SS

気の合う一人さえいれば

5巻電子書籍特典SS

【気の合う一人さえいれば】

＼永野水貴から一言｜

もはや準レギュラーといってもいいのではないかというくらいのデイヴィッド君です。ルイスも楽しく書けるので嬉しい限りですね。
にこにこしつつちゃっかり観察しているルイスくん、おそるべしかもしれません……。明るさと気さくさだけ見て侮ったらいけないタイプなのかも。

他のごく一般的な貴族の子弟たちと同様、デイヴィッド＝ラブラも結婚適齢期とされる年齢に突入していた。

よって、その手の噂が多く聞こえてくるようになったのも、友人の周りに小火《ぼや》のような問題が次々と起こるのも、そんなものか、と気楽に捉えていた。実際に自分の身に火の粉が降りかかってくることはなかったからだ。

――今、このときまでは。

「なあデイヴィッド、頼むよ……！」

「だから、なんでおれなんだよ！　やましい問題におれを巻き込まないでくれよ！」

「そう言うなって！　お前が一番無関係……、いや忍耐強くて友人思いで、そう、頭も良さそうだからさぁ！」

「今まで一度もそんなこと言わなかったじゃないか！」

突然家にやってきたかと思えば、文字通りしがみついてくる友人を、デイヴィッドは全力で引き剥がした。友人は情けない顔のまま、脱力したようにへなへなと絨毯の上に崩れ落ちる。そうして、頭を抱えてうめく。

「はあああ、どこで間違えたんだ……」

ほとんど泣き出さんばかりの声に、デイヴィッドは顔をしかめた。

「どこから、じゃなくてはじめからだろ。何人もの女性と同時並行で恋愛なんかできるわけないじゃないか！　まして婚約者がいるのに……」

「だって向こうから言い寄ってきたんだぞ!?　こっちのせいじゃない！」

「それでも答えたのは君だろ！」

「そ、それはほら……、最後にちょっと遊んでおきたくて……！　わかってくれるだろ！」

「わかるわけない！」

友人は泣き言交じりに再びしがみついてくる。

頼むよ、と何度も懇願する声に、デイヴィッドは呆れ果てて盛大に息を吐き出し、天を仰いだ。


「……で、僕に相談しにきたと？」

ルイス・ジョシュア＝ルイニングは明るい陽射しを思わせる目を丸くし、軽やかな声で言った。

対面の席に座ったデイヴィッドは肩を縮こまらせつつ、首を縦に振った。

――ある晴れた日の昼。気持ちの良い天気であるこの日に、デイヴィッドはルイスと共に落ち着いた雰囲気の喫茶店に入った。

この輝ける〝ルイニングの三番目〟であるルイスと、平凡な男爵家の長男であるデイヴィッドとは本来ならまともに友人となれる立場ではない。だが偶然にもある夜会で知り合って以来、デイヴィッド自身も不思議に思うほどルイスは気さくに接してくるようになり、デイヴィッドはルイスの友人の一人として加えられるに至った。

この日は、喫茶店に入ってルイスと他愛のない雑談をする一方、デイヴィッドの頭は他のことでいっぱいになっていた。先日の、あの情けない声で懇願してきた友人の頼みがぐるぐると頭の中を回っていたのである。

上の空であることはすぐにルイスに見抜かれ、どうしたの、と親しげで爽やかな声で聞かれれば、デイヴィッドはいつの間にか洗いざらい白状していた。

ここに至るまでの経緯——友人の一人が、婚約中の身でありながら他の女性の誘いに乗ってしまい、複数と関係を持ってしまったところ、婚約者に露見して激怒され、友人の名誉および社会的地位が脅かされる事態に陥った。友人は心底自分の行いを悔いており、そもそも誘ってきたのは相手のほうで、ここから贖罪と挽回を行うにはどうしたらいいかと苦悩している。

今後の方針についての助言を強く求められ、デイヴィッド自身ではまるで見当もつかなかったため、ルイスに相談に乗ってもらいたい。あと、誘惑の上手な断り方なども。

おおむね、そういう内容だった。

——あの情けない友人が、ルイニングの三番目であるルイスならさぞかし異性からの熱視線を浴び、遊びほうけているはずだからどうやってうまくさばいているのかを知りたい、などと失礼にもほどがある発言をしていたことは、なけなしの友情ゆえに黙っておいた。

「うーん、デイヴが助言を求めているなら、何か答えたいところだけど……」

ルイスは形の良い銀の眉を寄せ、考え込む。

マーシアルでも屈指の名門ルイニング家の直系であるルイスは、デイヴィッドの相談を馬鹿にすることもなく、鼻で笑うようなこともしなかった。そんなふうに分け隔てなく接してくれるルイスを見ると、デイヴィッドは感謝以上にますます申し訳なさを覚える。

ルイスは悩むように目線を宙に向けたあと、頬を軽くかいた。

「やっぱり、無理だなあ。話を聞いている限り、他の女性も、婚約者の女性も怒ってるんだよね？」

「……はい。だいぶ」

「彼のほうに、婚約者以外の女性と恋仲にならなきゃいけない切実な理由はあった？」

「な、ない……ですね。本人に聞いたところ……、誘われたからつい、などと言ってまして、結婚が迫っていたからその前に少し羽目を外しておきたかったのだとか……誘った相手の女性も魅力的だったのか……」

なぜかデイヴィッドのほうが気まずくなり、もごもごと歯切れ悪く説明した。まるで罪人の動機を説明するような口調だと思ってしまう。――友人はもとから異性にモテるというわけではないし、今回のように誘惑されたこともほとんどなく、それでなおさら有頂天になってしまったというのもあるのだろう。

ルイスは明るい目を丸くし、それから、ああ、と苦笑いした。――その反応が、デイヴィッドには少し意外だった。明朗快活で少年のようなところのあるルイスにしては、妙に大人びた反応に思えたからだ。

「つまり誘いを断りにくかったってこと？　年齢的にそういうのが多くなるのは確か。でもデイヴィには悪いけど、同情の余地はあまりないし、挽回も今は無理なんじゃないかな。最初にはっきりと断るべきで、それ以外に選択肢はなかったよ。あとはもう、相手の怒りをこれ以上増大させないように頭を低くするしかないね。敗北確定の撤退戦」

「で、ですよねえ……」

ルイスは相変わらずの気さくな調子で、しかし率直に答えた。デイヴィッドは頭の後ろをかき、涙目になった友人が首の後ろをつかまれてどこかへと引きずられていく妄想をしながら、ルイスの意見に同意していた。

すると、ルイスの目にきらりと好奇心が輝いた。

「デイヴは、そういう遊びがしたいほう？」

突拍子もない問い。今度はデイヴィッドが目を丸くする番だった。が、慌てて頭を振った。

「お、おれが？　できるわけないですよ！　そんな器量も度胸もありません！　まともに婚約者を探すのにも苦労してるっていうのに……！」

「安心した。君の性格だとそういう不純な付き合い方は向いてないと思う。あと、君はまだ好機が巡ってきていないだけで、いい女性が見つかると思うよ」

ルイスは朗らかに笑い、ソーサーからカップを持ち上げて口をつける。

ほとんど同い年であるというのに、こんな話題でも快活で余裕を崩さないルイスを、デイヴィッドは羨望の目で見つめた。

（これが、持てる者の余裕というものかあ……）

ルイスはあのルイニング家の貴公子であり、しかも〝生ける宝石〟とまで言われた父譲りの美男子ときている。

デイヴィッドは思わず、自分の伯父のことを思った。伯父はラブラ家の当主であり本来男爵位を継ぐはずだったが、研究好きが高じて弟――デイヴィッドの父――に家督を譲った。そしていまだ研究に打ち込み、それなりの地位に昇りつめているが、独り身である。結婚はとうに諦めてしまっている。

デイヴィッドはこの伯父と妙に気が合った。

デイヴィッドには伯父のように打ち込むものはないが、異性との付き合いが決して上手くはないというところにも大きな共通点がある。――このままいくと、自分は伯父と同じく独り身の人生をたどるかもしれない。

それでも伯父はいい。打ち込めるものがあるのだから。

デイヴィッドは自分の未来を想像して頭を抱えたくなり、ルイスを見つめた。

「……ルイスはどうなんですか？　ものすごく女性の気を引くと思うんですけど、複数に声をかけられたら、全部は断り切れず……みたいなところあります？」

――ルイスが友人のように気が多かったらちょっといやなような、羨ましいような、とデイヴィッドは複雑な思いを味わう。

が、ルイスは虚を衝かれたように数度瞬いてから、カップをソーサーに置いた。そして、にっこりと笑う。

「デイヴは僕のことを何だと思っているのかな？」

気さくな声は変わらなかったが、その発音や抑揚がはっきりと変わった。名状し難い威圧感にデイヴィッドは肝を冷やす。

「す、すみません……」

「あはは、謝る必要はないよ。ただ、僕はそういった誤解をされやすいんだよね。デイヴにまで言われるのは悲しいなあ。まあ、お誘いのようなものが増えてるのは確かだけど」

ルイスのいつもの朗らかな笑いに、デイヴィッドはほっと安堵する。――異性からの誘いが多いとさらりと言っても嫌味がないのは、ルイスならそうだろう、と素直に納得できてしまうからだ。

「僕はまだそういったことに興味はないし、誘われても断ってるよ。複数の相手と関係を持つなんてただ面倒だし無駄……ああいや、これは口外しないでほしいんだけど」

「は、はあ……。言いません」

天真爛漫ゆえの辛辣な面を見た気がして、デイヴィッドはやや驚いた。それと同時に、つい、もったいないようにも感じた。

――美しいご令嬢や女性たちからどれだけ誘いを受けても、興味がないなどと一蹴してしまう。自分のような平凡な男には信じられない世界だった。

「父と母を見ていると、気の合う相手を一人見つけられればそれで十分で、無駄も失敗もないと思うんだ」

「それは……そう、ですかね？」

デイヴィッドは、ルイスの両親である現ルイニング公夫妻も社交界で屈指の仲睦まじい夫婦であることを思い出した。

ルイスは軽く肩をすくめた。

「ルイニングは一途な者が多いらしいよ」

少しおどけたような物言いに、デイヴィッドは目を丸くする。やや遅れて、そういえば、と思い出した。

ルイスの祖父母にあたる前代ルイニング公夫妻も仲が良かったというような話を聞いたことがある。他の名家はだいたいどこかで浮名《うきな》を流すものだが、ルイニングは驚くほどそれが少ない。

──唯一、浮名を流している貴公子といえば。

「……ジェニス子爵閣下は……」

思い浮かんだ名が、デイヴィッドの口からそのままこぼれていた。

──ジェニス子爵というのは、ルイスの実兄であり次期ルイニング公たるロイド・アレンの持つ爵位の一つである。

ロイドはルイス以上に若かりし頃のルイニング公に生き写しとされ、デイヴィッドは一度その姿を見たことがある。噂に違わぬ容姿の持ち主だった。他とは違うとわかるほど見事な体格と類い希なる美貌、そして凍える冬のような威圧感を放っていた。

ルイスは父にも兄にも似た金色の目を瞬かせ、くすっと笑った。

「兄は僕以上に女性を引きつけるからね。なのに優しいから、来るもの拒まずなんだよ。わりと面倒なことになるとわかっているのに、ぞんざいに扱うことができないんだろうな」

「そ、そうですか。なんと羨ましい……。確かにジェニス子爵ほどの方であれば、もう選びたい放題……むしろ美女の二人や三人、何人侍《はべ》らせても問題もなく……」

「そこが兄の面白いところなんだけど、好意を向けてくる相手を拒みはしなくても、一人の相手を決めたら、付き合ってる間は他に見向きもしないよ。君の友人とはまったく違うからね」

ルイスはにこやかな笑顔で言った。決して声は荒らげなかったが、兄を同列に語るなと明確に伝えてくる。

デイヴィッドは頭から冷水を浴びせられたかのように固まり、冷や汗が噴き出た。思わずうなだれる。

「す、すみません……失礼なことを。そんなつもりでは……」

「悪気はないってわかってるから許すよ。でも兄を悪く誤解するのはやめてほしいな」

「はい……」

デイヴィッドは肩を落としつつ、目の前の相手が何者なのか改めて突きつけられるような思いがした。――どんなに気さくに接してくれても、ルイスは自分とは違う世界の人間だった。他の友人たちのように、下世話な話で笑い転げられる相手ではない。

ルイスが、ふうと軽いため息をつく。デイヴィッドは恐る恐る、目線を上げてルイスを見た。

「……ジェニス子爵も、やはりただ一人の相手がいればいいとお考えなんですかね?」

ルイスは小さく首を傾げる。

「多分そうだろうと思う。兄は一つのものに集中する質だし、できない約束はしないから」

「できない約束?」

そう、とルイスは小さくうなずいた。

「昔からそうなんだ。兄は結構頼み事を聞いてくれる。でも、どんなに頼んでもだめなものはだめだし、曖昧な約束もしない。そういうのって、頼れる男性像を求める相手にはあまり歓迎されないだろ？　多くを約束してくれたり、簡単に引き受けたりする異性のほうが力があるとか、愛情の証と思われたりするとか」

「確かに……」

デイヴィッドは素直に納得した。件の友人は、まさしくお調子者で安請け合いするところが多かった。熱しやすく冷めやすいの典型で、何か複数のものを夢中で追いかけていたかと思えばすぐに冷めてしまう。その調子の良いところは友人として付き合う分には楽しい面もあるのだが、女性にはそうではなかったということだろう。友人としても、安請け合いしたわりにあっさり反故《ほご》にするような部分は呆れるばかりだった。

デイヴィッドは、澄んだ冬の空気を思わせるロイドの姿を思い出す。あの人物が案外頼み事を聞いてくれるというのは意外だが、曖昧な約束はしないという厳格さは理解できるような気がした。

「第一、兄は複数の女性とまともに付き合えるような器用さはないと思う。行動が先にくることが多いし。複数と付き合えば、それだけ配慮も必要だし労力も要るよね。兄はそういったものに自分の力を注ぐこともないと思うんだ」

「……なんとなく、わかる気がします」

デイヴィッドは思わずうなずいた。友人は足元にすがりついて恥も外聞もなく頼ってきたが、ルイスの兄は決してそんなことはしないだろう。

――遊ぼうと思えばどれほどでも遊べるルイスの兄がそうすることはなく、遊びがあまり許されない自分の友人のほうが遊びたがるとはなんとも皮肉に感じる。

そうして、デイヴィッドは長々と感心交じりの息を吐いた。

「ルイスは、お兄さんのことをよく理解しているんですね」

そう言うと、ルイスは少し照れたように笑った。

「日頃の様子から勝手に推測してるだけなんだけどね。兄は自分の考えとか意図をあまり話さないから、本当はまったく違う考えや意図によるものかもしれない。兄が何か行動した後に、はじめてそんなことがあったと気づくことも多いからね」

「なるほど……」

ますます自分の友人とは大違いだとデイヴィッドはうなってしまう。

ルイニングは兄弟の仲まで良いらしい、と改めて感心した。

自分の妹は、まるで第二の母親のように手厳しい批評をたびたびくわえてきて、ルイスのように兄を庇う、などということはない。

デイヴィッドはついため息をこぼしながら、この麗しい兄弟の未来に思いを馳せた。

（ルイスやジェニス子爵閣下はどんな女性と結婚するのかなあ）

相応に高貴で、美しい女性であることは間違いない。兄弟ともに、女性からは夢のような相手で、兄のほうは王女さえ娶《めと》れる立場だ。

だが、デイヴィッドはそこで考えることをやめた。遠い外国の出来事のように自分には無縁の世界の話だ。考えたところで虚しくなるだけである。
すっかり冷え切ってしまった自分のカップを持ち上げる。
（おれも、ルイスの半分、いや足元くらいの容姿や財があればなあ……）
ついそんなことを思いながら、やけに苦い紅茶を飲み干すのだった。

5巻TOブックスオンラインストア特典SS

その関係は遠い親戚、あるいは

5巻TOブックスオンラインストア特典SS

【その関係は遠い親戚、あるいは】

永野水貴から一言

実はポールさんもかなり書きやすいです……。ぶっきらぼうで口数少なめ、職人気質なタイプ。違う世界線だったら、案外ロイドと気が合ったかもしれないですね。

対してハリエットさんはとても社交的で饒舌《じょうぜつ》です。ポールのこともぐいぐい引っ張りますが、ポールのほうもわりと頑固なところがあるので、案外相性がいい二人だとか。

妻が言うほど、ポールは自分の主人の結婚について何も考えていないわけではなかった。

確かにポールは、妻のハリエットほど気がきくほうでもなければ、そもそも男女の恋愛や結婚といったものにはまるきり疎い人間である。生まれてから五十年以上、そのように生きてきた。

妻と結婚できたのは、ポールの人生の中でも屈指の希有《けう》な出来事であり、ほんの少し何かが掛け違っていれば、自分は一生独り身のままだっただろうと思う。

そして、だからこそ自分の主にはまともな相手と結婚してほしいとも思っている。

(……いきなり客を奥方候補に、なんてのはねえだろう)

自慢の中庭の草むしりをしながら、ポールは苦々しい顔で小さく舌打ちをした。

朗らかな陽光が隅々まで大地を照らし、植物は生命を謳歌している。ポールの整えた庭はまさしく絢爛《けんらん》たる姿をしていたが、どこからか紛れ込んだ雑草もまた陽光の力を浴び、むしってもむしってもすぐに生えてくる有様だった。まったく懲りずに青々と生える草は、どこか妻の姿をも思わせる。

ひとしきりむしった後、ポールは腰を上げて中庭の草花に水を撒いた。それから厨房に向かった。手を洗い、厨房の掃除を手早く終えたあと、一息ついてから今度は中庭を囲む回廊の掃除を行うべく、掃除用具を手に向かった。

そのとき、ハリエットでも主でもない人影が庭に佇んでいるのを見つけ、ポールは思わず立ち止まった。ああ、とうめきとも驚きともつかぬ声がとっさにこぼれ、慌てて柱の陰に隠れた。――なぜ隠れるのか、と頭の隅で理性の声がした。

花壇と同じく陽光を浴びているのは、緩く波打つ黒髪の持ち主だった。

（お客の……確か、ウィス……、ウィス、テリア……）

一方的かつ熱心に語る妻の声が耳の奥に蘇り、ポールはおぼろげながらも女性の名前を思い出すことができた。家名のほうは妻もわからないという。

――あまり客人をじろじろと眺めるものではない、とポールはためらったが、こういうときでもなければ客人を観察する機会がないのも事実だった。

結局、ポールは懊悩《おうのう》ゆえに眉間に深い皺を刻み、端から見れば不機嫌そのものといった表情で対象を観察した。

客人――ウィステリアは、晴れた空を見上げている。眩しさに何度も目を瞬かせ、陽光の強さに耐えかねたように、手で遮った。

それが妙に子供のような――珍しい、感動的なものを目の当たりにしたというような――仕草に見え、ポールはますます疑念に眉を寄せた。

ウィステリアはどうやら陽光を好んでいるらしい。後ろでひとまとめにされた黒髪が、朝の光を浴びて艶やかな輝きを放って背を流れている。

それでいながら、肌の色はきわめて白かった。おそらく、自分たちと違って労働階級ではないのだろう。だがそれにしても白い。

厚く白粉《おしろい》でも塗りたくっているのか、とポールは一瞬訝った。肌の色からしても貴族階級の出だろう。が、どこかの貴族のご令嬢とは雰囲気がまた異なる。ポールはそれほど貴族の女性と関わったことがないが、たまに町中で見かける彼女たちはもっと気取った、もったいぶった仕草や態度をしており、日傘もなしに太陽の下に出てくるなどということもないように思われた。付添人なしに、異性の家に来るなどといったこともしない。

それにこれほど見目《みめ》のいい、若い女性ならばとうに結婚できているか、少なくとも婚約しているはずだ。そうではないということは、よほどの事情がある。あるいは未亡人なのか。

慣れない考えを巡らせ、熱を出しそうになりながらポールは内心でうなった。

――とはいえ、考えすぎても仕方ない。

男なら仕事以外で細かなことをいちいち気にすべきではないし、結婚でもっとも重要なのは妥協であるとポールは経験によって学んでいた。そして自分の主であるベンジャミンには、よほどのこと以外は妥協して呑み込めるだけの度量と寛容さがあると思っている。

ハリエットの、自分の言った通りでしょ、と言わんばかりの得意げな顔が浮かぶ。

妻の言う通り、案外、この女性客は主の妻としてありなのではないか――などと思いはじめる。

(早まるんじゃねえ)

ポールは眉間に皺を寄せ、自分を叱りつける。いい花を咲かせるためにはまず然るべき土壌から作りはじめる必要があり、種を蒔き芽が出て茎が伸び、葉がついて蕾ができるまで、日光や水についても慎重に面倒を見ていかなければならない。いい花を咲かせるためには、入念な準備と種に合った根気強い世話が必要なのだ。

ポールは突如現れた蕾がいかなる種であるのかを見極めるように、ウィステリアという客人を更に観察した。

（……花が好きなのか？）

そんなことを思い、ポールは身を乗り出した。ウィステリアは周りを気にした様子もなく花壇の前に屈み、じっと花を観察している。あれは百合の花壇だ。好奇心旺盛な子供を思わせる行動だったが、その姿には静けさがあった。丸められた背は、自分の妻よりもはるかにすらりとして大きい。

白い手が、花に伸ばされる。ポールは思わず踏み出し、制止の声をあげかけた。美しいからと無造作に手折るようなことは認められない。

だが、伸ばされた指先は、先の反った白い花びらの輪郭を確かめるように触れるだけだった。ポールは踏み出しかけた足を一歩後ろへ引いた。

ウィステリアは、壊れ物に触れるかのようにそっと指先で花弁をなぞる。それから手を離し、百合に触れた指先を擦り合わせて鼻先を寄せた。花の名残を確かめようとしているかのように見えた。

ポールはにわかに好感を抱いた。少なくとも、花に触れる手つきには、自分の作った花壇への配慮、花への労りが感じられた。

それに――この様子からして、自分が丹精込めて整えた花壇に感心しているのではないか。

（見る目はある）

ポールは思わずうなずいた。

――単純、と頭の中でハリエットの生意気な声が聞こえた気がしたが、無視した。

花の美しさにまともに感動を抱ける人間なら、心根もまともであるはずだ。

ポールはつい、ウィステリアの眺めている百合について説明してやりたい気分になった。だがさすがにいきなり話しかけ、相手の不興《ふきょう》を買わずに済む社交性などは持ち合わせていない。

結局、ポールは歯がゆさを覚えながらウィステリアという人物を観察するしかなかった。

ポールは人間の性格や人となりについて考察することは苦手だったが、よく知る植物や動物にたとえて考えることはできた。わかりにくい人間も、近しい植物をあてはめて考えればおおよそはつかめる。

百合の花を前に屈む姿に、別のものが浮かび上がる。

――雨に打たれた花。

剥き出しの姿で雨に耐え、雨上がりには花弁に水滴をたたえて咲いている。雨の重さに少したわみ、花びらが打ちひしがれたようになっても、茎から折れることなく太陽を浴びるために花を開いている。物言わぬ、その佇まいだけで脆さと静かな強さをも感じさせる名もなき花。

そこまで考えて、ポールはやや眉間に皺を寄せた。ごちゃごちゃと考えすぎかもしれない。あの口うるさい妻に知られれば、またさぞかしからかわれることだろう。

が、視界の端でまた別の人影を捉え、ポールは少しばつの悪い思いをしながら柱の陰に再び身を潜めた。

ウィステリアに近づく別の影は、世話焼きな自分の妻でも、奥手な主でもない。

目を見張るほどの長身に逞《たくま》しい体つき、輝く銀の髪をした青年。――ウィステリアと共に現れた、もう一人の客。

（確か、ロイドという名前……）

ウィステリアと同様、あるいはそれ以上に目を引く男性だった。明らかに鍛えられているとわかる体格だけでなく、ほとんど見たことがないほどに端整な顔立ちをしている。その顔だけ見れば、どこかの貴族の御曹司としか思えない。しかし御曹司であれば、素性を隠して女性と二人でこの家に匿われるというのもわけがわからない。

――素性が不確かで見目のよい人間、そして舌がよく回る人間は詐欺師の可能性を疑うべきである。

しばしば頑固と評されるポールは苦々しい気持ちで奥歯を噛んだ。

拭いきれない疑念のためにロイドのほうに注意を向ける。

ロイドはウィステリアに歩み寄り、ウィステリアも気づいて立ち上がる。互いに吸い寄せられるように距離を詰める。ウィステリアのほうは、屈み込んで花壇を眺めていた姿を目撃されたせいか、少し慌てたようにも見えた。気恥ずかしそうに、何事かを早口に弁明している。

端整な青年のほうはにこりともせず、その様子をじっと眺めている。

ポールはロイドを観察し、自分の内に、ある印象が浮かび上がるのを感じた。

――鷹。

友人が飼っていた鷹のことを唐突に思い出す。飼っていた、というよりは偶然餌付けに成功したという形だっただろうか。友人の差し出す餌を、素早い猛禽は気まぐれに啄《ついば》みに来ていた。

両の翼を広げて悠然と空を飛び、群れず、狙いを定めるなり急降下して餌を取っていった。高い枝に止まったときは、体に比して大きな翼を広げ、陽光を全身に浴びていた。光を浴びたその翼は精緻かつ見事で、ポールの目をたびたび奪った。

そんな生き物に青年を重ねて見てしまうのは、あの息を呑むような金色の目のせいだろうか。精《せい》悍《かん》な体に鋭さや威圧感が漂っているからだろうか。

やがて、ポールは気づいた。

――鷹に似た目は女から離れない。

美しい女を前にしたときの浮ついた様子や即物的な欲望とも違う。

しかし視線の強さは言葉よりもずっと雄弁だった。

視線を受けている当の本人は、特に気にした様子もない。慣れているという様子でもなさそうだった。少し気後れしたような、ぎこちなさがある。

一方で、先ほどまでの雨に打たれた花のような風情が薄らぎ、不思議と、側に立つ男を反映したかのように小柄な鷹を思わせる雰囲気に変わる。凛々しく、だが翼に傷を負ったような小さな鷹。

（……なんだ、ありゃあ……）

二人はいったいどんな関係なのか、ポールにはわからない。恋仲というにしてはぎこちなく、友人や知人というにはもっと近く、それでいて奇妙な緊張感がある。

この若い男女は親戚、そして教えを乞うものと授けるものという関係である――ハリエットからはそう聞いていた。

前者はまだしも、後者がどんなものなのかポールには想像もつかない。親方とその徒弟というものならわかるが、この男女はどう見てもそれとは違う。

あのお節介な妻は、この二人の間の空気を見たのだろうか。

（……どう考えろってんだ）

ポールは苦々しい思いでうめく。

もとより社交性に欠けた自分では、眼前の二人の空気や様子を見て、察することなどできるはずもない。

ただ、どうやら普通の友人や親戚ではないということだけはわかる。

それだけ理解したら、さっさとこの場を立ち去り、自分の仕事に戻るべきではないか。

ポールはしばらく懊悩したのち、要するに、と強引にまとめた。

（性悪な人間でなく、面倒を起こさず、坊ちゃんと結婚するのにしがらみのない相手だったらいいんだろ）

余計な枝葉を取り払えば、重要な幹や根の部分はそこになるだろう。

ポールは雑念を脇に追いやり、二人を再び観察した。

わけありの客人たちは、どちらもそこまで饒舌《じょうぜつ》なほうではないらしい。かといって気まずそうな空気でも、気心の知れた友人の和やかな空気とも異なる。

ポールは眉間の皺を深くしながら考える。

（実際、あの客人を坊ちゃんの妻として迎えるなら……）

主の横にウィステリアが立つ姿を思い描いてみる。

しばしば突拍子のない妻の考えはすぐには受け入れがたかったが、今になって案外、そうでもないかもしれないと思えてくる。

ベンジャミンは温厚な性格で、仕える相手としてこれほど慈悲深い主もいない。妻となった相手にも、むろんその温厚さを発揮するだろう。あとは財産の相続問題などがなければ――。

突然、青年の視線が動いた。

――猛禽を思わせる鋭利な金眼がポールを射る。

ポールは硬直した。こちらの位置などとうにわかっているといわんばかりの目だった。

そうして金眼の男はさりげなく立ち位置を変え、不思議そうな顔をする女とポールの視線との間に割って入る。大きな背に隠され、ポールの位置からはウィステリアが見えにくくなる。

男は顔だけで振り向き、広い肩越しに再び刺すような視線をポールに向けた。すぐに女に向き直ったが、一言も発さない一連の行動が意味するものは明らかだった。

まるでこちらの考えを見透かしたかのような牽制の目に、ポールは息を呑む。

理屈ではなく、ほとんど直感的に理解した。

（ありゃあ、だめだ）

ハリエットに同意する方向に傾いていた意見が霧散する。

目の前の二人は親戚でも恋仲でもない。もっと違う、厄介なものだ。

――鷹の獲物に手を出すことほど危険な真似はない。

大きな翼を広げて空を舞った孤高の鷹。だがふいに、その側に一回り小さな翼の鷹が寄り添うようになったことを思い出した。互いに呼び合い、共に空を舞っていた二羽。
それがいつ対になったのかはわからない。
そして一対がいつ分かたれたのか、あるいはそうでなかったのかも思い出せなかった。

ドラマCD脚本・小説版

【ドラマCD脚本・小説版】

水野水貴から一言

気に入っているお話なので小説でも書きたくて、駄々をこねて書かせていただきました。

ドラマCDの脚本を書くのははじめてでしたが、こんな機会これで最後かも……と思い、本編を読んでいなくてもギリ理解できて楽しめる、かつ本編既読の方にはもっと楽しい……というようなバランスを目指しました。明らかに自分の首を締めまくっています。

でも結果的にいいものができたのではないかなーと。

実際のドラマCDや脚本（特典）と、メディアの違いによる表現の違いなども楽しんでいただけたらと思います。

小説版を書いているときは、台詞の部分は声優さまのお声で脳内再生したのですが、破壊力がすごくてじたばたごろごろしました。どちらも楽しんでいただけますように。

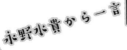

一章

「師匠。どうした」

向かい側からそんな声が聞こえ、ウィステリアははっと意識を戻した。目の前の相手――ロイドに焦点を結び、小さく息を呑む。まさしく今、この青年について考えていたところだった。

――向き合って座るロイドとともに夕食をとっていた時間だった。

ウィステリアはつとめて平静を装い、言い繕った。

「あ、ああ……。魔物のことを考えていた」

「何か気になることでも？」

「いや、今回の巡回とはまったく関係ない。その、ただの雑念だが、向こうの世界とこちらの世界で共通して脅威とみなされている魔物は何だろうと考えていた」

「共通して脅威と見なされている種《しゅ》か」

「う、うむ……」

意図を問うことなく、ロイドは軽い謎かけをされたかのように考え込む。ウィステリアはその様子をうかがいながら、内心で胸を撫で下ろした。

（怪しまれては……いないよな。証立ての代用となる魔物を探しているなどとは言えないし）

今日も、外の《大竜樹》を見回りに行った。魔物について話すのは、流れとしてはおかしくないはずだった。

——数日前にサルティスとの会話で浮かんだ考えは、ふとした瞬間に脳裏をよぎるようになった。しかしいまだ、本人に直接問うことはできずにいる。

ウィステリアが様子見する一方で、ウィステリアの側の台座に立てかけられていた聖剣が声をあげた。

『魔物など、非力な人間にとってはあらゆる種が脅威ではないか！　ましてこの小僧にとってはほぼすべての魔物が脅威であろう』

ウィステリアは思わず目を丸くした。

「おい、サルト……！　そ、そういう話じゃなくてだな……！」

話題を逸らされかねない介入に、ウィステリアは眉根を寄せて聖剣を睨む。

すると、ロイドは金の目で冷ややかに聖剣を見据えた。

「聖剣ともあろうものが剣士の力量を見誤るとはな。案外、見る目がないらしい」

『なんだと⁉　傲慢も甚だしいぞ小僧！　我が深遠なる観察眼に疑念を挟もうなど僭越《せんえつ》の極み！』

たちまち睨み合い——実際に視線を向けているのはロイドだけとはいえ——がはじまり、話題が流れる。

ああもう、とウィステリアはため息をついた。

サルティスとロイドの小競り合いの後、夕食の片付けまで終える。巡回に出たこともあり、早めに休むべきだったが、ウィステリアはわずかに逡巡する。――聞きそびれた話題。代替となる魔物について。いま、聞くべきだろうか。

「……何だ？」

ロイドはすぐにウィステリアの視線に気づき、問いかけてくる。

「な、なんでもない」

「先ほどからどうした。何か、私に話すべきことでもあるのか？」

ロイドの銀の眉の片方がわずかに持ち上がる。ウィステリアは、やや慌てて手を振った。

「いや、何でもない。君も早めに休んだほうがいいぞ！　じゃあ、おやすみ……！」

「……おやすみ」

ロイドは含みのある表情を見せながらも、引き下がった。

ウィステリアは台座に立てかけてあったサルティスを抱え、自分の寝室に逃げ込んで扉を閉めた。

扉に背をあずけ、長いため息をつく。

そうして、腕の中のサルティスに目を向け、声をひそめて告げた。

「……なあ、サルト。剣で倒しやすい魔物のほうがいいよな」

『なんだ!!　まさか我を使おうとでも言うのか!?』

「しーっ！　違うよ！　ロイドの証立ての魔物のことだ……！」

ウィステリアは慌てて、唇の前で人差し指を立てた。だが、当のサルティスは気にした様子もなく続ける。

『なんだそれは！　終わったことをいつまでも議論しようとするな！』

「何一つ終わってないだろ！　君が一方的に終わらせただけで……！　まったくもう」

サルティスがあのとき横槍を入れなければ、代替となる魔物について聞き出せたのではないか――

ウィステリアは思わず眉間に皺を寄せた。サルティスは良くも悪くも率直で、先ほども思ったことをそのまま口にしただけなのだろう。場の微妙な空気を読んで配慮してくれ、などとこの聖剣に期待してはならない。

ウィステリアは諦めを覚えつつ、寝台に向かった。寝台の足元側に置いてある台座にサルティスを立てかけ、素早く寝衣に着替えて横たわる。ぼんやりと、木の天井を見上げた。

「王女殿下への求婚にふさわしい証か……。探すしかないか」

『ふん。はじめからそう言っているであろう。可能な限り早く見つけたほうがいいのは間違いないがな』

聖剣の声が、先ほどとは異なる響きを帯びる。それは冷ややかなほど冷静で、ウィステリアに現実を再認識させた。

「そう……だな」

『もしくは、お前自身の手で小僧をさっさと打ち負かし、追い返すかだ。無駄に思い悩むよりは、そちらのほうがよほど確かであろう』

長く共に過ごし、師であり無二の友でもある剣は言う。

――瑕疵《かし》のない正論。はじめから、自分にもあった同じ考え。

だがウィステリアは束の間言葉に詰まった。

「……それは、最後の手段だ」

そう答えた声が歯切れ悪いものになっていることは、自分でもわかった。ふん、とサルティスが呆れとも不満ともとれる声をもらす。

ウィステリアは寝台の上で寝返りを打った。薄闇の中、ぼんやりと紫の目を開いて、胸の内でつぶやく。

（ロイドは、王女殿下のもとへ帰る。ロイドがいる生活に慣れてはいけない――）

改めて、強く自分にそう言い聞かせた。

ここのところ、ロイドに雑用も引き受けてもらうようになり、自分以外の誰かがいることの有用性に慣れてしまっているような気がする。

ウィステリアは顔の前に置いた手を緩く握った。

（……おやすみ、なんて言いあえるような関わり方は、きっとよくない）

繰り返し言い聞かせ、目を閉じる。

――早く、ロイドを帰す方法を見つけなければならない。

遠く、か細い悲鳴のような音は風によるものだ。この《未明の地》では、風はいつも不気味な音調を帯びている。

しかし周囲の環境とは対照的に、ウィステリアの眼下にそびえる《大竜樹》は、いつもと変わらぬまどろみにあるようだった。異質の大樹に葉はなく、黒い砂状の瘴気を一定間隔で吐き出し続けている。その周りで、動く影はない。空と同様に暗い大地は単調で、異常をきたした魔物や他の植物の姿もない。

「大竜樹に異常なし。暗くなる前に帰れそうだな」

宙に浮かび、組んだ腕の中にサルティィスを抱えてウィステリアはそう告げた。

すると、同じく傍らで空中に静止していたロイドが、軽く周囲を見回す仕草をした。

「空のこの暗さで《日中》か」

「そうだ。やはり向こうの世界と比べると暗いか?」

「ああ。夜目《よめ》の訓練になりそうだ。あなたもかなり鍛えられていそうだな」

ロイドの言葉に、ウィステリアは少し得意げになった。

「それは無論。かなり見えると思うぞ」

「へえ? 夜戦はあなたの得意か」

思わぬ返しにウィステリアは一瞬目を丸くする。自信家な青年の唇の端が鋭利につり上がっているのが見える。

「な、何を考えてるんだ君は……! 夜襲など考えても無駄だからな!」

「戦術としては大いに有効だ」

「なっ……!」

一瞬ウィステリアが言葉に詰まると、ロイドは軽く肩をすくめた。

「もっとも、寝室には踏み込まないと約束したからな。拠点内ではそういった挑み方はしない」

続けられた言葉に、ウィステリアはなんとも言いがたい思いで返事に迷った。

――寝室には踏み込まない、と宣言されたのは確かに覚えている。それを守るつもりであるのは律儀といえるのかもしれないが、裏を返せば、拠点を一歩外に出れば戦いを挑むという意味にも捉えられる。

『おい、くだらん雑談に気を取られるな。巡回の帰りであっても警戒を怠るなど許されんぞ！』

不機嫌そうなサルティスの声に、ウィステリアは、む、と口を閉ざす。聖剣の言うことももっともだった。

「わかってるよ。戻ろう――、ロイド？」

ロイドが、地上の大竜樹から西北の方向を見つめていることに気づく。ウィステリアの疑念に、ロイドは見つめる先を指さした。

「師匠。地上のあれは何だ？」

「何……？」

示された先に、ウィステリアは目を凝らす。すると、単調な荒れ地に変化が生じていた。大竜樹から少し離れたところに、小さな、暗い点がまばらに散っている。大地の色によく似ていて視認しにくい。だが、確かにそこにあった。

更に目を凝らすと、大小様々で、少し白っぽい点もあるとわかる。その一部は見覚えがある。空から見下ろしたときに、こんなふうに見える影は――。

「……《潜魚《せんぎょ》》の群れか？　いや、他の魔物も交じっている……？」

ウィステリアが思わず眉をひそめてそうつぶやいたとき、腕の中からサルティスが応じた。

『気を緩めるな。慎重に近づいて確認しろ』

先ほどの不機嫌さとは異なる、厳しい低さを帯びた声だった。ウィステリアは自然と気を引き締める。

「わかってる。行こう、ロイド」

「ああ」

腕にサルティスを抱えたまま、《浮遊》で空を進み、異変の真上まで進む。地上の点は大きくなるにつれ、やはり見慣れた魔物の形となった。

『空に留まれ。まだ下りるな』

サルティスの言葉に従い、ウィステリアは空中で静止した。地上の様子を改めて観察し、無意識に眉間が険しくなる。――大竜樹に何の異常もないと安堵していたすぐ側で、こんな異変が起きている。見落としというには大きい。しかし先ほどまでは見当たらず、突然現れたようにも思える。

「あれは《潜魚》の死骸……、それに《白影《はくえい》》も、あれは《岩鮫《いわざめ》》か？」

いったい何が、という強い疑問が脳裏をよぎる。視界に映る魔物たちはみな動かない――死んでいる。

ロイドが先に口を開いた。

「複数の魔物の死骸か。複数であっても、群れというほどの規模ではないように思えるが。点々と横たわっているのはすべて死んでいるものか」

「……そのように見えるな。下りてみよう」

ウィステリアが合図のようにサルティスを一度強く握り、警戒を強めて言うと、了解、とロイドが短く応じた。

二人で降下していき、大地に爪先をつけた一瞬、水色の衣の裾がひらりと揺れる。ウィステリアが降り立つと、ロイドもその傍らに並んだ。

紫の目が、近辺を見回す。

「……妙だ。魔物の遺骸が多い。それに、種類もばらばらだ」

「見覚えのある魔物だな。あなたに教えられた情報からすると、これらの生息地は重なっていないように思えるが」

ウィステリアは眉間の皺を深くしてうなずいた。

「ああ。普段、捕食者と被捕食者の関係にないし、活動区域も重なっていない。なぜ、こんなところに集まって死んでいる……？」

つぶやきながら、ウィステリアは歩を進めた。側にあった亡骸に近づき、観察する。

目立った外傷は見当たらない。更に別の個体に近寄り、眺める。それもまた同様に傷は見られず、なんらかの病を思わせる症状もない。

少し歩き回ったあと、ウィステリアは一体の亡骸の側に屈み、虫と魚をあわせたような魔物を更に注意深く凝視した。

――やはり、外傷はない。

しかし動かぬ骸の周りは、土が荒れていた。浅く乱雑に抉れたような痕跡がある。

「……魔物同士で争ったような痕跡はない。だが、もがいた痕跡がある……、何かに苦痛を覚えていた？」

考えを整理するようにつぶやいてから、脳裏に一瞬閃くものがあった。

「……毒？　ロイド、魔物に触るな」

反射的に振り向き、急いで声をかける。ロイドは少し離れたところで、別の魔物の側に屈んでいた。顔を上げずに答える。

「わかってる。触れてはいない。毒の可能性が疑われるなら、この周辺は危険なんじゃないか」

「……いや。この地形には毒が噴き出すような場所はない。濃い瘴気には気をつけたほうがいいが」

そう答えながら、ウィステリアは再度周囲を見回す。――猛毒の濃い瘴気が噴き出す、あるいは別の毒性の物質が疑われる様子もない。

微動だにしない亡骸の集合は、まるで眠っているかのように周囲を静寂で満たしていた。

（……何があった？）

静けさが、ウィステリアに形容しがたい胸騒ぎを呼び起こした。

自然死、などと結論していいものとは思えない。ウィステリアは再び足元の亡骸に目を落としながら、険しい顔をした。サルティスを左手に抱え直し、右手を腰元に持っていく。ベルトの後ろに差してある、携行用の短剣を引き抜いた。

「……気はすすまないが、遺骸を少し切って内部を見てみるか」

『おい！　それなら我を前に抱えるのはやめろ！　万一我に毒液でもかかったらどうするのだ！』

聖剣の声高な抗議に、ウィステリアは細い黒の片眉を持ち上げてサルティスをじとりと睨んだ。

「あー。君のその立派な刃で切れたらそもそもこの小さな剣でどうにかする必要もないのになー」

『馬鹿者!!　我をそんな陳腐で汚らわしい用途で使おうとするな！』

「……切れぬ剣というだけでなく口数が多いとは。哀れみさえ湧かないな」

『おい小僧!!　まさか聞こえぬとでも思ってその愚かしい発言をしているのではあるまいな!?』

「むろん、聞こえていることが前提で話していたが」

『陰湿かつ悪質極まるではないか！　見損なったぞ！』

さらりと乱入してきたロイドに、ウィステリアは目を丸くする。

（……意外に冗談も言う）

ロイドは冷静すぎるほど冷静で冷ややかな印象が強かったが、サルティス相手だからか戯れ言も口にしないわけではないらしい。

皮肉の応酬をする剣と青年を見やり、ウィステリアは軽く咳払いした。

「二人とも、落ち着け。話すのは後にしよう」

『元凶はお前ではないかイレーネ!!　まったく、すぐに弛みおって!!』

確かにきっかけを作ってしまったウィステリアは苦笑いし、悪かったよ、と口にしてから気を引き締めた。抱えていたサルティスをベルトの後ろに差し、背後に避難させる。

それから、表皮の柔らかい魔物を探し、その傍らで片膝をつくと短剣の刃先を慎重に当てた。切っ先を立て、表皮に少し食い込ませてから直線上に滑らせる。皮が裂け、暗い色の体液が滲み出し、くすんだ薄赤の肉が見えた。ウィステリアは眉間に力を込めた。

裂けた皮の縁を、刃の切っ先で上下に押し広げる。

「変色は……なし。異臭などもない。強烈な毒、などという様子ではなさそうだが……」

「仮に、毒でもないとしたら何が考えられる？」

側に寄ってきたロイドが、同じ遺骸を見下ろしながら問うてくる。

ウィステリアはわずかに考えてから言った。

「そうだな。目立った外傷を与えずに魔物を死に至らしめるものとして、寄生型の魔物などもいるにはいるが、それらは宿主《やどぬし》がかなり限定されている。少なくとも、こんなふうにばらばらに魔物を殺すものではない……私の知っている限りでは、だが」

「……一見関係のない魔物が、同じような場所で同じような死に方をしている。地形が死因でないにしても、ここに引き寄せられた原因が別にあるかもしれない」

思案げに告げられたロイドの言葉に、ウィステリアははっとした。

「ここに引き寄せられた……？」

『……悪口以外にも多少は頭が回るようだな、小僧』

ウィステリアの背から、サルティスが鼻を鳴らすような声をもらし、共につぶやく。

ロイドは周囲に顔を巡らせた。

「私が周囲を見てくる。あなたは他の遺骸も調べてくれ」

「……わかった。無理はするな」

「了解。あなたも」

ウィステリアが顔を上げた先で、碧の外套が翻り、ロイドが背を向けて離れていく。

ウィステリアは再び魔物に目を戻した。

刃先で他の部分を押し、別の切り口を作り、あるいは地と亡骸の間に短剣を差し入れて軽く持ち上げて観察する。

「やはり目立った外傷はなし、毒の形跡も……、これは何だ？」

持ち上げた拍子に体液がこぼれ、ウィステリアは目を凝らした。暗い体液の中、薄い色が突如層となって現れている。

『何が見つかった』

「色が薄い……いや、血液の中に、白っぽい液体が混じってるようだ。この魔物の体液なのか？　他の魔物は——」

言いながら、ウィステリアは目の前の亡骸をしばらく観察する。それから立ち上がり、別の個体にも同様に短剣を当て、体液を調べた。

——そこにもまた、血液の色が薄くなっているような部分が見られた。何かが混じった痕跡のようだった。

次第に体が強ばっていくのを感じながら、ウィステリアは更に別の亡骸を調べる。土に刃先をこすりつけて体液を拭い、種類の異なる魔物の体表に刃先を当て、表皮を切る。その下から滲み出したものにもまた、同じ症状があった。

「この魔物も、隣の魔物も——体液の中に白い、別の液体が混じってる。これは……毒か？」

ウィステリアは硬い声でこぼし、険しい目で亡骸を眺めた。慎重に顔を近づける。

——毒によって絶命した魔物は、何度か目にしたことがある。一見すると外傷もなく、今回のような現象に近い。

腐臭もなく、見た目通り、まだ新しい亡骸だろう。——獣臭さともいうべき魔物の臭いに、ふいに別のものがよぎった。

（なんだ？　わずかに、甘い香りのような……）

鼻でもう少し嗅いでみようとしたとき、背から鋭い声がした。

『おい、イレーネ！』

「なんだ。な……っ!?」

サルティスの声に顔を起こした途端、視界に異変が飛び込んだ。——この暗い異界に染まったかのような薄暗い霧。大地の色に近い。地を這う煙のようなそれは、だがどこにも火はなく、煙にしては範囲が広すぎる。

「霧!?　いったいどこから!?」

ウィステリアは素早く短剣を納め、立ち上がる。

「――ロイド！」

青年の名を呼ぶ。見回しても、どこからともなく現れた霧が急速に周囲一帯に広がり、点々と横たわる亡骸を覆い隠していく。それはウィステリアの足元にも及び、すべてを呑み込むかのようだった。――この霧が、空からの発見を妨げていたのではないか。とっさにそう直感する。

地に広がっていくたび、霧は薄く引き延ばしたように色が薄く白に近いものになっていく。

突然、鼻腔から頭にかけて異常な匂いに一撃された。

「甘い香り……？　花の……？　違う、これは――！」

ウィステリアの全身に、一気に強い緊張がはしった。そして、殴られたような頭痛が起こる。

「師匠！」

白に変色していく霧の向こうに足音と呼び声が聞こえ、ウィステリアは苦痛を堪えて顔を向けた。

「く……っ！」

――失態を悟る。

悪態をつきかけ、腕で鼻と口元を覆う。同時にもう片方の腕に魔力を集めようとする。ロイドの声や足音がする方向へ走る。

「師匠！　この霧は――」

「この霧を吸うな！　こ、れは……!!」

叫んだとたん、ウィステリアは強い目眩に襲われた。急に体の制御を失う。まるで糸の切れた人形のごとく膝から崩れた。

『しっかりしろ、イレーネ!!』

サルティスの声に一瞬意識を引き留めかけるも、意志と体が切り離されたかのように動けない。集中が、魔力が保てない。――息を止めて霧を吸い込まないようにしても、もはや間に合わない。顔を歪める。ロイド、と警告の叫びは発することができたのか。

「イレーネ!」

急いた足音と、火花のように散った呼び声が最後だった。

二章

――鈴を鳴らすかのような音。軽やかな小鳥の囀《さえず》りが聞こえる。

とたん、瞼に明るさを感じた。そんなはずはない、と反射的に浮かぶ。

(明るい……光。緑。小鳥。花。ここは……)

茫漠とした意識の中、感じるものすべてを言葉にして自分を取り戻そうとする。

突然、人の声が聞こえた。

「どうしたの? ウィス……ウィステリア?」

耳に心地よい、優しく揺り起こすかのような呼び声。それが合図となり、ウィステリアははっと目を覚ました。

「あ……、私……？」

発した声が少しかすれた。そして、一気に意識が覚醒した。見開いた紫の目に、周囲の光景が一気に飛び込む。

――柔らかく、明るい光が空から降り注いでいる。

昼時を示す頭上の陽光に照らされて、緑豊かな庭は鮮やかに広がっていた。その中に、どこか懐かしい花の装飾のある椅子とテーブルが置かれている。

ウィステリアは、その花の椅子の一つに座っていた。目の前には、ティーカップが置かれている。白磁に鳥と木の描かれた美しい絵。香り豊かな紅茶が満ちている。

ウィステリアの対面には、柔らかな印象の女性が座っていた。同い年で、ウィステリアと同じく、派手すぎない色合いに胸元や袖に控えめな装飾がされた日中用ドレスを着ている。

柔和な顔立ちと落ち着いた態度とは裏腹に、女性の長い髪は不思議な色をしている。よく見る栗色の髪だが、これだけ光が当たっていても影のある色で、どこか物憂げな印象だった。

――それなのに、瞬くたびに髪の影に黄色や緑がよぎる気がする。

目の色もまた、青とも黒ともつかぬ色合いをしていた。

女性は心配そうにウィステリアを見つめ、言った。

「大丈夫？　具合でも悪いの？」

「私……、あの、霧が……ここは？」

目眩を覚え、ウィステリアは顔を歪める。ずきりと頭が痛んだ。

自分の言葉の意味を考えようとするのに、急に遠ざかっていく。

——何かに強く急き立てられている。焦燥が体の内側から強くこみあげる。

がたっと音をたて、ウィステリアは椅子から立ち上がった。痛みを堪え、周囲を見回す。

「ここは、どこ？　私は、戻らなければ——」

「戻る？　ここは私の家、庭よ。ねえ、いったいどうしたの、ウィス。家に帰りたくなったの？　居眠りでもして、変な夢でも見たのかしら？」

女性——イルーシェは優しげな黒青の目を見張り、ウィステリアを気遣わしげに見上げる。

心から自分を心配してくれている——そうわかる表情だった。

ウィステリアの中の焦燥は急に水位を下げていく。

緩慢に顔を戻し、イルーシェを見つめた。

——そう、この女性の名はイルーシェだ。

「庭……？　居眠り？」

「そうよ。ほら、とりあえず座って、お茶を飲んで。悪い夢を見たなら、私に話して。そうすれば少しは気が紛れるかもしれないわ」

イルーシェの優しげな眼差しに、ウィステリアは呆然とした。

（——悪い、夢？）

いったい何にそんなに焦っていたのか。思い出そうとするのに、頭の中に厚い靄がかかったかのように思い出せない。

「夢……、でも、私……」

「急ぎの用でも思い出した？」

「それは……。う……っ」

反射的に答えようとして、ウィステリアは顔を歪めてうめいた。鈍く重い痺れに思考を妨げられる。

――そして、どこかで嗅いだような匂いが鼻腔をかすめる。

（甘い、香りが……）

その正体を思い出そうとするのに、水のように手の平からこぼれ落ちていく。

「大丈夫？　落ち着いて、ウィス。ひとまず、座ってちょうだい」

イルーシェの穏やかな声が、少しずつ神経をなだめてくれるようだった。

ウィステリアは喉の奥に引っかかるような息苦しさを覚えながらも、再び椅子に腰を下ろした。

対面に座ったイルーシェが、うかがうように小さく首を傾げる。

「しっかり。私のことが誰だかわかる？」

「きみ……、あなた、は。イルーシェ？」

ウィステリアは、わずかにかすれた声でそう告げた。声を発した一瞬、自分のものではないような低い音が出た。しかしすぐに、いつもの自分の声に戻った。

イルーシェは気にした様子もなく、穏やかな微笑を向けてきた。

「そう。あなたの友だちの、イルーシェ。一番仲が良い友だち、って言っていいのかしら？　ふふふ」

「イルーシェ……。そう、よね。私、変ね。何か……変な白昼夢でも見ていたような気がする」

「あら。どんな夢？」

イルーシェが不思議な色の目を丸くする。ウィステリアは緩く頭を振った。

「よく、覚えていないわ。でも……苦しいような、怖いような……焦りを覚えるような感じがして」

「まあ……。なんだか怖いわね。そんな夢、さっさと忘れてしまったらいいわ」

イルーシェは小さく眉をひそめて言う。配慮を滲ませる友人の言葉に、ウィステリアは瞬きの間だけ、ためらいを覚えた。忘れていいのだろうか。だが自分でもなぜそう思うのかはわからない。

それより、とイルーシェが切り替えるように明るい声をあげる。

「怖い夢なんて忘れて、今のことに話を戻しましょう。これから本題というところだったんだから！　それで？　あの〝生ける宝石〟、いいえ、あなたにとって〝もっとも輝かしい宝石〟であるところの、ブライト・リュクスにはいつ告白するの？」

「え、えぇっ……!?」

ぼんやりしていた頭にいきなり強い明かりを向けられたかのように、ウィステリアの感情は大きく揺れた。紫の目を見開き、うろたえる。

イルーシェは細い人差し指を唇の前に立て、悪戯《いたずら》っぽく笑った。

「うふふ。隠そうとしても無駄よ。ずっとがんばっていた研究にようやく目処《めど》がつきそうなんでしょう？　この目標を達成したら、今度こそ思いを伝えるって言ってたじゃない」

「そ、そんな……た、確かに、そう言ったかも、しれないけど……！」

「あら、ようやく決心したって言ってたじゃないの。私に宣言したでしょ、決行するから背中を押してほしいって。また怖くなっちゃったの？」

「そっ、そんなことは……！」

かろうじて反論しながらも、ウィステリアの声は急に小さくなった。

——イルーシェの言う通りだった。確かにそんなことを言った、と徐々に思い出す。

「幼い頃からずーっとブライト一筋。思いを煮詰めてもうかったーい砂糖菓子になっちゃってるわよ。もう子供ではなくなったわけだし、今ではあなたも立派な淑女。ブライトのほうも立派な貴公子。迷っているうちに、ブライトがどこかの誰かに取られてしまうかもしれないわよ？　あの名門ルイニングの貴公子がいまだに独身で婚約者もいないなんて、奇跡みたいなことなんだから！」

「う……。それは……ええ、本当に、そうなんだけど。いいえ、あなたの言う通りだわ。ブライトがいつまでも誰の手も取らないなんてことはないものね。ブライトからすれば、誰でも選べる立場なのだし……」

膝の上で、ウィステリアは軽くドレスを握った。答える声も、つい小さくなりがちだった。

「そうそう。それにね、昔からブライトと付き合いがあって、今も家同士で親しく交流しているなんて、ウィスくらいなものよ？　多少、爵位の差があったとしてもどうにかできるわ。この幸運を生かさなくちゃ！」

優しい友人は、温かく励ますように言葉を重ねる。それがひどく胸に染みて、ウィステリアは顔を上げた。

「そう、よね。私、思いを伝えようかどうかまだ迷って、そのせいで変な夢を見てしまったのかも」

「私と一緒にお茶会だったのに、目の前で居眠りまでしてね」

「それは、ごめんなさい……！」

悪戯っぽく片目をつむったイルーシェに、ウィステリアは肩を縮めた。――友人とのお茶会の最中に居眠りをするなどありえないことだ。

だがイルーシェは耳をくすぐるような優しい笑い声をあげた。

「いいわ、許してあげる。その代わり、いま取り組んでいる研究をやり遂げて、ちゃんとブライトに告白するのよ。大丈夫、すべてうまく行くわ。怖いことなんて何もないのよ」

優雅な楽曲を思わせる響き。イルーシェの声には、人をなだめる力でもあるのかもしれない。

ウィステリアは落ち着きを取り戻し、うなずく。――ほんのわずかに、どこかで嗅いだことのある甘い香りが鼻腔をよぎった。イルーシェのまとう香水かもしれないと思い、それ以上考えるのを止めた。

「ええ。きっとやり遂げて、今度こそ……ブライトに私の気持ちを伝えるわ」


王都内のある区画、やや特殊な三階建ての古い建物――それこそが、魔法管理院所属の第四研究所だった。

その研究所内の一室は、ペンの走る音、紙をめくり、重なる音がささやかな交響曲のように満ちている。

奏者は数名の研究員たちであり、ウィステリアもその一人だった。

部屋の中央に鎮座する長机は、資料で埋め尽くされている。

腰を下ろしたウィステリアの正面で、ベンジャミンがやや緊張交じりの笑みを見せた。

「あともう少しで論文が完成しますね。なんだか僕のほうが緊張してしまいます」

「ありがとう、ベンジャミン。ほとんど共著にしなくてはいけないくらい協力してくれたのに、本当に共著にしなくていいの？」

「瘴気の新たな作用を発見したのはウィステリア様ご自身です！　僕は、実験の仕方や論文のまとめ方を少し教えただけですから」

「すごく大事なことだわ。心から感謝しています」

「い、いえ……！」

ウィステリアが真剣に言うと、温厚な研究者は少し慌て、照れたような表情になった。

ベンジャミンの隣で、他の研究員がぽつりとつぶやく。

「うう、ラブラに先を越された……」

負けず嫌いな少年を思わせるつぶやきに、ウィステリアは頬を綻ばせた。

「皆さんに助けてもらったわ。あと少し、完成まで協力よろしくお願いします」

研究員の男性は、はっとしたような顔をして、喜んで、と勢い込んで言う。ベンジャミンもまた、嬉しそうな顔をして口を開いた。

「はい、もちろん。ですが、なんだか感慨深くなってしまいますね。ウィステリア様がここで学ばれるようになってから、そう日は経っていないはずですが、目覚ましい成果であると思います」

「私を受け入れてくれた、この第四研究所のみなさんのおかげです。とても、よくしていただいていて」

「ウィステリア様ご自身がよく努力されているからですよ！　貴族のご令嬢であるにもかかわらず、本当に珍しい」

研究員が、少し頬を紅潮させて言う。勢い余ってやや身を乗り出すようにして続けた。

「こんなに熱心に研究されて、もしかして研究者を目指しておられるのですか？」

「えっ！」

「ちょ、ちょっと！　その聞き方はさすがに失礼だろう……！　ウィステリア様、すみません」

「あああ、すみません！　つい……」

ベンジャミンが慌てたようにいさめ、研究員が目を丸くして身をすくませる。

ウィステリアは頭を振った。

「い、いいえ。あの、ごめんなさい、その……そんな立派な目標や夢があったわけではなくて、た、ただ、興味があったと、いうか……」

知らず、歯切れの悪い言い方になる。――なぜ、瘴気の研究に参加することを決めたのか。人が好く、真面目な研究員たちの前で本当の理由を言えるはずもなかった。

ウィステリアの濁した言い方にも、研究員とベンジャミンたちは気を悪くした様子を見せなかった。

「それも十分嬉しいです！　純粋な興味を持ってくれる人は珍しいですから！」

「そ、そうだね、うん」

ベンジャミンたちの言葉を聞きながら、ウィステリアは無意識に目を伏せる。

（私のほうが、ずっとベンジャミンたちに失礼なことをしている……。ここで《未明の地》の研究に参加しているのは、自分のために功績を欲しているから。ブライトの隣に並び立つために必要な功績を手に入れたいから。私利私欲のため……）

先ほどまでのささやかな高揚は消え、後ろめたさが忍び寄る。

扉のノック音が、ウィステリアのそんな思考をさえぎった。

「失礼します。ロイド・アレン様がおいでになりました。ウィステリア様とお話がしたいと……。ラブラにも」

扉の向こうから聞こえた声に、ウィステリアははっと顔を上げる。

「すぐに行きます」

「ああ、僕も行きます」

ウィステリアが席を立つと、ベンジャミンもそれに続く。二人して、研究室を出た。

三階から一階へ降り、応接室へ向かう。他の研究員たちとすれ違った。ベンジャミンもそうであるように、研究員たちはみな、防汚目的のローブを着ており、そのためかどことなく学生めいた雰囲気が漂っていた。

応接室にたどりつき、ウィステリアは来訪者の姿を視界に入れた瞬間――ふいに、強い違和感を覚えた。

「……ロイド？」

壁に飾られた剥製を眺めていた青年が振り向く。

――長い銀色の髪。黄金の瞳。鍛えられた体に、恵まれた長身。

研究員たちの格好とはまるで違う、騎士の略装に身を包んでいる。ひどく絵になる姿だった。

自分の知る、ロイドの姿形にほかならない。

「邪魔したか」

「いや……」

とっさにそう答えたとき、ウィステリアは自分の喉から出た声に驚いた。いつもより低く、どこか別人のようだ。――あたかも不機嫌か、怒っているように聞こえてしまうかもしれない。

ウィステリアは頭を振り、言い直した。

「いいえ。何か、違う？」

「何だ？」

ロイドは訝しげな顔をする。――その顔も、声も、眼差しも自分はよく知っている。

ブライトと酷似した青年だ。今さら、それに既視感を覚えるわけはない。

なのに、この違和感は何なのか。正体をつかめぬまま、ウィステリアはためらいがちに告げた。

「何か、違うような……違和感があって」

「違和感？　私に？　服装のことか？」

「ええと……。よく、わからないわ。ごめんなさい。勘違いね。今はお仕事の休憩中？」

強い違和感は、波が引いていくように薄らいでいった。ウィステリアは雑念を振り払い、いつも通りの調子でたずねる。

ロイドは疑問を抱いたような表情を見せたものの、それ以上気にした様子は見せなかった。

「今日は早くに交代した。明日までは自由時間だ」

「ロイド君、お疲れ様です。今回は、どれくらい王都に留まるご予定ですか？」

ベンジャミンが温和な笑顔を向けてたずねる。そうだな、とロイドはつぶやいてから答えた。

「あと二週間は留まりたいところだ」

「それはよかった。警護の仕事もたいへんですね。ウィステリア様の論文がもうすぐ完成しそうなので、ロイド君にもぜひお手伝い頂ければと……」

ベンジャミンの言葉に、ウィステリアはうなずいた。妙な違和感などに気を取られている場合ではない。ロイドは警護の仕事をしており、貴人のみならず移動の多い商人からの依頼も受けるため、王都にいない期間も多い。

今回も、帰ってきてようやく時間が空いたからここへ来たのだろう。

怜悧《れいり》な青年は、銀の片眉を上げげた。

「へえ？　予想より結構早いな」

形の良い唇が挑発的な笑みを象り、ウィステリアは目を丸くした。

「その言い方！　相変わらずちょっと生意気ね。この研究所で学んでいる期間は私のほうが長いのに」

「量より質が問題だからな」

「うっ……！」

しれっと返され、ウィステリアは怯む。ロイドもまた、この研究所で学ぶ外部の人間だが、際立って物覚えがよく頭脳明晰な青年であり、ウィステリアより遥かに短期間で多くの知識や研究をものにしていた。

「まあ、私はあなたからも学べた。基礎という助走を早く終えたし、吸収が早いのは当然だ」

「……もう。褒めているのか、そうでないのか。本当に尊大ね、あなた！　ブライトはもっと謙虚なのに」

思わずウィステリアがこぼすと、ロイドは軽く肩をすくめた。

「外見がよく似た親戚というだけで、他人にも等しいからな」

さして興味がないと言わんばかりの口調だった。

今度は、ベンジャミンが感心したような声をもらした。

「本当に、ロイド君の外見はブライト閣下によく似ていますよね。双子といわれたほうが納得できるくらいですが、不思議なものです」

「ブライトはルイニングの直系、私は傍系に過ぎないが。長い系譜の中では、直系から遠いところに様々なものが発現するということもあるんだろう」

「ええ。不思議ね……」

ウィステリアも同意の声をあげながら、ロイドとブライトが酷似している意味について考えずにはいられなかった。

（まるで双子のように似ていても、魔法が使えないブライトと違って、ロイドは魔法の才に恵まれている……）

――ルイニングの直系の嫡子に受け継がれなかった力が、傍系であるロイドに顕著に表れるのも、ずいぶんな皮肉のように感じられた。外見が本当に似ているせいで、余計に相違もまた際立ってしまう。

思索に耽りそうになったのを、ロイドの声が止めた。

「それで、私に手伝ってほしいものとは？」

「え、ええ。ちょうど書きかけの部分があって――」

それから、ウィスタリアはロイドとベンジャミンと共に、先ほどまでいた三階の一室に戻っていった。

「……ふう。少し休憩にしましょう。飲み物を取ってきます」

二つ隣の椅子から聞こえてきたベンジャミンの声で、ウィスタリアの意識は紙面から現実に戻った。

「あ、それなら私が……」

「ウィステリア様に雑用などさせられませんよ……！　ここでお待ちください」

立ち上がりかけたところで、ベンジャミンに止められる。

でも、とウィステリアが反論しようとしたとき、大丈夫ですから、とベンジャミンがいち早く部屋を出ていってしまった。

（……気を遣わせてしまっているのね）

何度か感じてきた思いが、胸にまたよぎった。自分は、身分としてはヴァテュエ伯爵家の令嬢だ。この研究所に出入りし学ぶ人間に身分は関係ないとされていても、ベンジャミンや周りの研究員たちはやはり令嬢として自分に配慮してくれている。その配慮は感謝すべきものではあったが、ほのかに寂しくもあった。

ウィステリアは席に座り直し、少々行儀が悪いと思いつつも、軽く伸びをした。

「んん……！　はぁ」

「だいぶ内容を詰めてあるな。近いうちに発表するのか？」

「え、ええ。まあ、そのつもり……」

ウィステリアはやや勢いを落として答えた。対面の席に腰を下ろしているロイドは、資料を手にしたまま、黄金の目を上げてウィステリアを見る。

「なんだ。自信がないのか？」

「そ、そういう……不安は少し、あるけれど……。まあ、色々、緊張していて」

「へえ？　何をそんなに緊張する必要があるんだ」

ロイドは、いかにも奇妙なものを見るような目をする。緊張する意味がわからない、というような顔だ。ウィステリアはややたじろぎつつ、自信家な青年に訴えた。

「色々あるのよ……！　ロイドはいいわよね！　あまり緊張や不安とは無縁そうで……」

「考えてどうにかなるものでなければ考えないな。無意味だ」

あっさりと言う。うぐ、とウィステリアは一瞬言葉に詰まった。——不敵な態度は実にこの青年らしいとも思える。

「その年下らしからぬ心の強さ、ちょっと羨ましいときがあるわ……」

「年下というほど離れてないだろ」

「年下は年下なの！」

年齢は大きく離れている——ウィステリアはとっさにそう反発しかけ、だがすぐにそんな自分に驚いた。

（……大きく、離れてる？）

なぜ、そんなことを思うのか。自分とロイドはほとんど同年代で、年といえば二、三歳ほどしか変わらないはずだ。なのに——。

〝イレーネ〟

突然、頭の中にその声が響いた。ウィステリアは紫の瞳を大きく見開き、弾かれたようにロイドを見る。

「……ロイド？」

「何だ？」

「今……私を呼んだ？　イレーネ、って」

「呼んでない。何のことだ？」

不思議そうな顔をするロイドに、ウィステリアはにわかに答えに詰まった。

――少し考えれば、妙なことを言ってしまっているとわかる。ロイドはあまり名前で呼ぶことはないし、呼ぶとしてもイレーネのほうでは呼ばない。そのはずなのだ。

「そ、そう。何でもないわ。疲れてるのかもしれない……」

「休むか？」

ウィステリアは少し額に手を触れた後、緩く頭を左右に振った。

「いいえ。もう少し進めるわ。あなたも忙しいだろうから、時間を無駄にしたくない」

怜悧な青年は、了解、とすぐに切り替えて応じた。

「……実際、魔法や瘴気に対する視点が新しく、面白い考察だった。あなたがここで研究に参加したのは僥倖《ぎょうこう》だったな」

「な、なに？　急に褒められると恥ずかしくなるじゃない。その、私一人で考えていたことじゃないのよ。とても有益な助言をくれる人がいて……」

ロイドの金色の目が、小さく瞬いた。

「あなたに助言を？　ここの人間か？」

「いいえ、研究所とは関係ない人。独学で研究していて、すごく博識で色んなことを知っているの」

「誰だ？」

好奇心と向上心に溢れた青年は、たちまち強い興味を滲ませる。こういうときだけはわかりやすい反応をする青年に、ウィステリアはくすっと笑った。

「サルト……サルティスという人。郊外に一人で住んでいて、偶然知り合ったの。ちょっと口の悪いところがあるけど、よく相談に乗ってくれるわ」

「……偶然、ね。そのサルティスの協力が大きいというわけか」

「ええ。サルトがいたから私は――」

微笑みながら答えかけ、ウィステリアの声はふいに途切れた。

サルトがいたから、と言葉にしたとたん、唐突にこみあげてきた何かが喉を詰まらせた。

――同時に、目の裏をよぎる光景がある。暗くぼやけていて、はっきりとはわからない。

目眩とも頭痛ともつかぬものが起こった。

「う……」

「どうした。大丈夫か。具合が悪いのか？」

「いえ、少し……目眩がしただけ」

ウィステリアは額に手を当て、わずかに目元を歪めた。

(何？　一瞬、何かを思い出した、ような……。サルト……？)

頭の中を、瞼の裏を閃光のごとく過ぎ去ったもの。あれは何だったのか。漠然としてよくわからないのに、思い出さなければいけないという焦燥を覚える。曖昧なそれをなんとか手繰り寄せようとして、無意識に言葉が転がり落ちる。

「サルトがいたから……、私は、生きていられた……」

「生きていられた？　それほどの助力を？」

ロイドにそう問われ、ウィステリアは弾かれたように顔を上げた。もう少しで手が届きそうだった何かが遠のき、消える。

――サルトは。サルティスは。

「え、あ……そう、そうなの。それほど、サルトの意見は本当に鋭くて参考になるから……」

「へえ。興味が湧くな。ぜひ会ってみたい」

ウィステリアの少しぎこちない答えにも、ロイドは変わらず、サルティスへの興味を強めた。相変わらずの青年に、ウィステリアは唇を綻ばせる。

「ええ。でも、サルトはあまり人に会いたがらないところがあって。たぶんまともには会ってくれないと思うわ」

ロイドは、形の良い眉の片方を意味ありげに持ち上げた。

「会うさ。会うまで挑む」

「相変わらず自信家ね、あなた……！」

諦めるということを知らない青年に、ウィステリアは呆れ交じりに笑った。肩の力が抜けていく。

――ロイドに対して覚えた違和感、サルティスの話で脳裏をよぎった何かも、いつの間にか消えていた。

「ウィス姉様？　何か気になることでもあるの？」

「えっ……？」

妹の軽やかな声に、ウィステリアは目を丸くした。

顔を上げると、きらきらした大きな瞳に美しい赤毛をしたロザリーが、フォークを口元に近づけたまま不思議そうな表情でこちらを見ている。

ウィステリアは紫の目をぱちぱちと瞬いた。

「私……変かしら？」

「んー。ここ数日、なんだかよく考え事をしているみたいだから。はじめは、お腹が空いているのかなって思ったのだけど」

小首を傾げるロザリーに、ウィステリアは思わず笑いをこぼした。

「もう、ロザリーってば。落ち込む原因が空腹とは限らないじゃない。ちょっとね。たぶん、緊張しているのだと思うわ。もうすぐ、論文が発表できそうだから……」

そう答えると、妹の大きな瞳がぱっと輝いた。

「それがうまくいったら、ブライトに告白するのね！」

「なっ⁉」

ウィステリアはむせかけ、思わぬ不意打ちに目を見開いた。

当のロザリーは一切の悪気なく、頬を紅潮させて続ける。

「イルーシェさんからお願いされたの！　いざというとき、姉様が怖じ気づいてたら背中を押してあげてって！」

「イルーシェが？　もう……！」

ウィステリアは眉根を寄せ、頬が熱くなるのを抑えきれなかった。脳裏に、イルーシェのあの優しくもいたずらめいた笑みがよぎる。

ウィステリアの友人であるイルーシェは、ロザリーとも交流がある。

ロザリーは手元のケーキを一口切り分けながら、難しい問題に直面したかのように唇を尖らせた。

「わたしとしては、ちょっと納得できないんだけど、ウィス姉様の望みなら仕方ないわ」

「……納得できないの？」

純真な妹の意外な一言に、ウィステリアは意表を突かれた。すると、ロザリーは難しい顔をしたまま、はっきりと言った。

「だって！　ブライトっていちいち気障《きざ》で恥ずかしいんだもの！　もしウィス姉様と結婚したら、わたしの兄にもなるわけでしょう？」

「けっ……！」

妹からの予想もしない一言に、ウィステリアはぱっと顔を赤くした。

「結婚とか、気が早いわ……！　その、ブライトの気持ちもまだわからないし、それに爵位の差が……」

声は裏返り、語尾に行くにつれ、言葉を濁すような言い方になる。鼓動だけはどきどきとうるさい。

姉の狼狽をどう見たのか、ロザリーは不思議そうな顔をした。

「爵位の差はよくわからないけど、ブライトがウィス姉様を悪く思っていないのは確実じゃない。

ううん、好きに違いないわ！」

「そ、そうだったら、いいなって……思ってるけど」

イルーシェに影響を受けているらしい妹の言葉に希望を見出しながらも、ウィステリアの声は次第に小さくなった。

——ブライトが、自分にとても親しくしてくれているのは確かだ。けれどそれはロザリーも同じで、自分だけではない。

ずっと抱えてきた不安にまた足を取られそうになったとき、扉を軽く叩く音がした。

「ウィステリアお嬢様、ロザリーお嬢様。間もなくブライト様がおいでになります」

メイドの声に、ウィステリアは慌てて立ち上がった。

「い、いま行きます！　支度しなきゃ！」

「姉様、もう着替えて化粧もしてあるじゃない」

「あっ！　そ、そうだった！　あの、私の格好、おかしくない……？」

「姉様はもとから綺麗なんだから、今も綺麗よ！　もう、ブライトのためにいちいちそこまでしなくてもいいのにっ」

ロザリーが頬を膨らませる。子どもっぽい仕草という者もいるらしいが、ウィステリアの目には純粋に可愛らしく映った。

「ふふ。ありがとう、ロザリー。ブライトを迎えに行きましょう」

ルイニングの貴公子は、ヴァテュエ伯爵邸に間もなく到着した。玄関広間でその姿を見たとき、ウィステリアの胸はどうしようもなく高鳴った。――ロイドと同じ銀色の髪、黄金の目。けれどブライトはずっと穏やかで温かな雰囲気がある。

ロイドと違い、ブライトの髪は短く整えられている。

ウィステリアはロザリーと共に、ブライトを応接室へ案内した。

「ブライト、来てくれて嬉しいわ」

「ああ、ウィス。ロザリーも。急な訪問ですまない。《グロワール・マリー》の新作のケーキを買えたから持ってきたんだ。確か、二人とも好きだって言ってただろう？」

ブライトは、テーブルの上に置いた白い箱を示して告げた。

とたん、ウィステリアの隣でロザリーがこぼれんばかりに目を見開き、驚きの声をあげる。

「えっ！　《グロワール・マリー》の⁉　すぐ売り切れちゃって買えなかったのに、よく買えたわね！　王族でもないかぎり、家に招いて作ってもらうことも難しいって話なのに……！」

「はは。ロザリーは本当に食べ物に目がないな。ああ、運が良かったみたいで買えたよ。喜んでもらえるといいが」

ブライトは快活に笑い、和やかな目でロザリーを見る。ロザリーのほうは、すっかりブライトの持参した白い箱に興味を奪われていた。

――その様子を眺め、ウィステリアはわずかに頬が強張りそうになる。

漠然とした暗いものが胸に広がる。一瞬前まで心からの微笑みを浮かべていたのに、それが固く強張ってしまいそうだった。

（どうして、こんな気持ちになるの？　何もおかしなことなんてない……普通の、会話なのに。ブライトは私の、ロザリーのために買ってきてくれて……）

どこか不安にも似た感覚。なぜそんなことを思うのか。

ぎこちない微笑を保ったまま手を握ったとき、ブライトの視線がウィステリアに向いた。

「ウィス？」

穏やかな声に、ウィステリアははっとする。胸の中のものを振り払うように、意識して明るく言った。

「よかったら、お茶にしましょう。ね、ロザリーも」

やったあ、とロザリーはウィステリア以上に明るく答えた。


応接室はにわかに三人の茶会の場になった。

テーブルを囲むように三人は座り、そのテーブルの上には人数分のティーカップと、種類の違う小さなケーキが華やかな皿の上で輝いている。

白いクリームの上に紫色の小花が載ったもの、柑橘のまじったクリームが全体に黄色の色彩を振りまいているもの、更にその隣は白の上に赤い苺が華やかで可憐なものだった。

色も種類も異なるケーキに、ロザリーは目を輝かせた。

「わあ！　どれも可愛い！　ブライト、あなたはどれにするの？」

「私は何でもいい。二人のために買ってきたんだ」

「ありがとう！　実はブライトっていい人なのね！」

「実は、って何だ、実はって」

ロザリーの率直すぎる物言いに、ブライトは軽やかに笑う。ウィステリアもつられて少し笑った。

「ロザリーったらもう。ごめんなさい、ブライト」

「構わないさ。ロザリーは本当に、愛すべき妹という感じだな」

「あなたの妹になった覚えはないけど！」

「まあ、そういうところだ」

「どういうところよ!?　ってていけない、今はふざけあってる場合じゃないわ。ケーキを選ばなくちゃいけないんだから。姉様、どれがいい？」

口元に人差し指を当てながらロザリーは言い、目はケーキから離れず迷う様子を見せる。ウィステリアはそれを微笑ましく見つめてから、ブライトに目を向けた。

「ブライト、あなたは本当にいいの？」

「もちろん」

「ありがとう。なら、ロザリーはどれがいい？」

「わたしはね、えーと……こっち……うんん、これも……んんん、迷うー！」

ロザリーは並んだケーキから目を逸らさず、真剣な顔で検討する。ウィステリアはまた小さく笑った。――甘い物に目がないロザリーは、幼い頃からこんな反応をする。

ブライトもまた、ウィステリアと同じように微笑ましいものを見つめる顔をして、ロザリーに声をかける。

「ああ、そうだ。できれば、その紫の花が載ったものはウィスの分にしてほしいな」

「わ、私？」

思わぬ言葉に、ウィステリアは忙しなく瞬く。鼓動が一つ、大きく跳ねた。

ロザリーは不思議そうな顔をして紫の小花が載ったケーキを見つめた。やがて何かに気づいたように丸い目を見開く。

「あっ、ウィス姉様に似てるわね！　むう、じゃあわたしに似てるケーキは？」

「ロザリーはだいたいどのケーキも好きだろう。だからどれでも似てるんじゃないかな」

「何よ、人を節操なしみたいに！」

ロザリーは眉をつり上げてみせたが、怒るというよりまるで子どもがすねているかのようで、ブライトは軽やかに笑う。

その傍らで、ウィステリアは頬の熱を感じていた。

（私に、似てる……？）

自分の瞳の色に似た花で彩られた甘いケーキを、思わず見つめてしまった。

「ウィス。口に合った？」

三人分のケーキがそれぞれによって完食されたあと、ブライトが言った。

「！　え、ええ。とても美味しいわ」

ブライトの何気ない一言でさえ、ウィスティリアの心臓は跳ねる。当のブライトは優しく目元を和ませた。

「それはよかった」

「……何よ。鼻の下を伸ばしながら姉様を見つめて」

ロザリーは毛を逆立てた子猫のように睨む。ブライトは小さく目を見張った。そして視線を斜め上に向け、顎下を軽く撫でた。

「そんなに伸びていた？」

「伸びすぎよ！　変な顔で姉様を見ないで！」

「ろ、ロザリーってば！　ブライトは別に……」

ウィステリアは慌てて妹をなだめる。だがルイニングの嫡子は気を悪くした様子もなく、快活に笑って言った。

「ウィスの喜ぶ顔が見たいんだ。好みに合うものを口にしたとき、目元が和んで、とても可愛らしく見えるから」

ウィステリアは大きく目を見開き、悲鳴を寸前で呑み込んだ。そして一気に顔が熱くなるのを抑えきれず、とっさにうつむく。

「あぁっ⁉　あなたが変なこと言うから姉様が倒れそうになってるじゃない！」

「変なこと？　私がウィスの喜ぶ顔を見たいと思うのはそんなにおかしなことかな」

「う、うわぁ……!!」

ブライトは不思議そうな顔をし、ロザリーは大仰にのけぞって信じられないものを見るような目をする。が、ロザリーは負けん気を発揮し、頬を膨らませた。

「姉様をたぶらかさないでよね！」

「たぶらかす？　心外だな、思ったことしか口にしていないのに」

二人のやりとりを見ながら、ウィステリアはどきどきと高鳴る自分の鼓動を聞いた。ブライトにきっと他意はないだろう。なのにその言葉の一つ一つに胸をかき乱されてしまう。けれど、不快に思ったことなど一度もない。

ブライトだけの特別な感覚だった。

（私、あなたのことが好き。ちゃんと、思いを伝えなきゃ。そうしたら……）


王都の中心部から遠ざかり、郊外の区画でウィステリアは馬車から降りた。そのまま歩き出す。目的地の特性上、付き人を伴わずに一人で向かう。鞄の中には文書の他に、ささやかな贈り物が入っている。

昼時であっても、閑静な通りだった。目的の相手は騒がしい場所を嫌っている。

やがて、ウィステリアは一軒の家の前で止まった。古い扉を叩いてから、少しためらいがちに声をかける。

「こんにちは。サルト……サルティス、いる？」

鞄を手に、閉じられた扉を見つめる。

やがてかすかな軋《きし》みとともに扉が開いた。不機嫌そうな家主の顔が現れる。

かなりの長身だった。

端整そのものといった顔立ちをした男性で、他とは違う変わった衣装を身にまとい、ここではないどこか遠い異国のような雰囲気を醸し出している。

年はウィステリアとあまり離れていないはずだったが、眉間の皺が深いせいでやけにいかめしく、ずっと年上にも見える。

そんな家主――サルティスは、寝起きのような不機嫌声で言った。

「……何の用だ」

「論文で、サルトにも確かめてもらいたいところがあって」

「ふん。研究所とやらにいる凡人どもでは手に負えなくなったか。研究員などと名乗っていても、所詮は凡人の集まりにすぎんな！」

「失礼なことを言わないで。私よりずっと優れた研究者たちよ。それで、この部分なんだけど……」

ウィステリアは鞄を持ち上げ、持参した文書を一部取り出した。サルティスが一見して非友好的に思えるのはいつものことで、研究員たちのことも本当に見下しているわけではなく、自分も嫌われているわけではないとわかっている。

サルティスはますます苦い顔になった。

「おい、すっかり我を利用する気満々ではないか！　最初のしおらしい態度はいったいどこへ行ったのだ、まったく……！」

「利用だなんて。協力をお願いしているの。家に入れてくれなんて言わないわ。いくつか質問を答えてくれたら……」

申し訳なさを覚えながらも、サルティスをうかがいつつウィステリアは言い募る。

サルティスは、ことさらしかめ面をした。

「ええい、中に入れ！　我に玄関で立ち話なぞさせる気か！」

そう言って、諦めたように扉を開く。

ウィステリアはぱっと顔を明るくし、ありがとう、と答えてサルティスの家の中に入った。


人嫌いを自称するサルティスの家は、ものが少ない。あるのは書物とわずかな骨董品で、どこかの隠者と言われたほうがしっくりくる。

不平不満をこぼすサルティスを横目に、ウィステリアは厨房に立って二人分の飲み物を用意した。サルティスは訪問者をもてなすつもりはなく、欲しいなら勝手に用意しろなどという。

だが不思議と、ウィステリアはそんなサルティスに不快感を覚えなかった。厨房やそこにあるものを勝手に使っていいという意味に聞こえたし、ついでに家の主の分も用意しろということなのだろう。

——自分以外の訪問客にもこんな対応なのだろうかと首を傾げたが、ウィステリアは自分以外の人間がサルティスの家に居るところを見たことがない。

居間のテーブルに向かい合って腰掛け、ウィステリアが持参した資料を開いて議論する。サルティスは大いに装飾——尊大な自画自賛——を付け加えつつ、結局はウィステリアの疑問点にほとんど何らかの答えか参考になる意見を返した。

「……ありがとう。とても参考になったわ」

資料を片付けながらウィステリアは言い、鞄で運んできたもう一つのものを取り出した。

「はい、これお礼の品」

「なんだこれは。……布?」

ウィステリアが差し出したものを、サルティスは訝しげに見つめる。

差し出したのは、折りたたまれた布だった。やや青みのある深い黒で、金と白の糸で美しい幾何学模様の刺繍が施されている。

「物を拭いたり磨いたりするのに使えるらしいわ。刺繍もすごく素敵だから、実用性と観賞用もかねてどうかしら」

「絶妙に半端なものを選びおって!　この刺繍が気に入ったというならもっとマシな小物や衣類があったであろうに!」

「ええ?　だってサルトは剣だから……」

「何?　剣が何だ」

サルティスは顔をしかめる。それで、ウィステリアは息を呑んだ。自分の口からとっさにこぼれた言葉に、自分自身が驚く。——一体、どういう意味なのか。

「え、あの……その、変な思いつきが浮かんできて……」

「何だ。論文とやらが仕上げに入っている割に、最近ずいぶん気が散っているではないか。しっかりしろ」

「そう……ね。変なことを言ってごめんなさい」

サルティスは片眉を少し持ち上げ、奇異なものを見るような眼差しになる。

ウィステリアもまた自分の言葉に困惑していたが、ただの妄想や思いつきというにしては、頭の中に浮かんだものはやけに鮮明だった。――黄金で精緻な紋様の描かれた、漆黒の鞘。黄金の柄に翡翠が象嵌され、紅玉のついた房飾りを持った豪奢な剣。

目の裏にその残像が消えないまま、ウィステリアはためらいがちに目の前のサルティスを見た。

「ねえ、サルト。サルトは、剣を振るったことはある？　以前、嗜《たしな》み程度にもならったりしたことは……」

「何を言っているのだ、お前は。剣など野蛮だ。我が聡明で繊細な頭脳と麗しい肉体を傷つけるかもしれぬ無意味な趣味など嗜むわけがない」

「そう……。そう、よね」

普通、儀礼などの場合をのぞき、実際に剣を振るう機会などそうあるものではない。

しかもサルティスは、その儀礼を行う王宮関係者や騎士でもなければ、荒くれ者でもない。そうわかっているはずであるのに。

「おい、本当にどうした。慣れぬ頭脳労働で知恵熱でも出ているのではあるまいな」

「な、慣れない頭脳労働って、失礼ね……！」

「ふん。そうでなければ単なる寝不足だな。さっさと帰って寝ろ。寝ぼけた輩と雑談する趣味はない」

サルティスは突き放すように言う。だが、それが本当の拒絶を意味するものではないと、ウィステリアもわかりはじめていた。サルティスらしい不器用さに苦笑いが浮かぶ。

「ほんと言葉遣いが尊大なんだから。素直に、早く帰って休めって言えばいいのに」

サルティスは不服そうに鼻を鳴らす。一応は否定しないあたり、解釈は間違っていないようだった。

ウィステリアはふと笑みをおさめ、真摯《しんし》にサルティスを見つめた。

「ねえ、サルト。これからも、相談に乗ってね」

「……何だいきなり。ふん。お前が然るべき尊崇の念を抱くなら考えてやらんでもないぞ」

「ありがとう」

「おい我の話を聞いていたか⁉」

サルティスの反応を脇目に、ウィステリアは安堵する。

――脳裏をよぎった豪奢な剣。それがサルティスの持ち物ではなく、その華美な剣自身がサルティスであるというような、突拍子もない思いつき。妄想としか言いようがなかった。

（サルティスが剣だなんて……そんな思いつき、どこから出てきたのかしら。私、変だわ。おかしなことばかり脳裏をよぎる。緊張や不安のせい……？　そうだ、イルーシェに話を聞いてもらおう……）

不安を認めたとき、耳に蘇ったのは、いつも話を聞いてくれるあの優しい声だった。

イルーシェの邸に着くと、急な訪問にもかかわらず執事が出迎えてすぐにウィステリアを招き入れた。もう何度も互いの家を訪れているせいか、すっかり慣れている。ウィステリアはイルーシェの部屋に向かった。

扉を軽く叩くと、すぐに開いてイルーシェが出迎える。

「ウィス、いらっしゃい」

「急に会いたいなんて言ってごめんなさい。少し、イルーシェと話がしたくて」

「いいのよ、いつでも来て。さあ、中に入って」

優しい友人は微笑を浮かべ、ウィステリアを安堵させた。

イルーシェの部屋は広く、まるでウィステリアの訪問を待っていたかのように、茶会ができそうなテーブルと椅子がある。寝室は別にあるために、部屋の中は余計に広く見えた。

いつもそうしているように、ウィステリアはイルーシェと向き合って座った。

「その顔、なんだか不安でいっぱいという感じね」

穏やかな調子で、イルーシェはそう問うた。

「そ、そう？　わかる？」

「私はお見通しよ。それで、ブライトが答えてくれるかどうかが不安なの？」

「そっ、それも、そうなんだけど……。不安のせいなのか、最近なんだかおかしなことばかり考えるの」

　ブライトのことにも少し気をとられながら、ウィステリアは無意識に目を伏せた。イルーシェが、意外そうな顔をする。

「おかしなことって？」

「その、突然変な考えや思いつきが浮んできて……知ってる人が別の何かに思えたり……」

　――サルティスという友人が、実は剣そのものであるなどという不可解な妄想は、口にはできなかった。

　サルティスだけではない。ロイドに対しても一瞬、強い違和感を覚えた。しかしその違和感の正体が何であったのかはわからない。

　どう言葉にしていいかわからずにいると、イルーシェは真剣な顔をして――だが一瞬、いつも淡く和んでいるような目元に無機質な冷たさを滲ませた。

「ふうん？　それは変ね。知らないうちに疲れが溜まって、おかしなことを考えてしまっているのかもしれないわ。ウィスは昔から、考えすぎるところがあるから」

　ウィステリアは虚を衝かれる。瞬いた後には、イルーシェの目から冷たさは消えていた。

　気のせいだったのかもしれない。

「う。そう言われると……また考えすぎてしまっているのかしら……」

「そうに違いないわ。もう。何を怖がることがあるの。早く勇気を出して、ブライトに想いを伝えて。大丈夫、きっとうまくいくわ。これまで全てうまくいってるじゃない」

耳によく馴染む声が、親身な友人の思いを伝えてくる。――なのに、その快い声に、ウィステリアは小さな火花に似た抵抗を覚えた。

なぜそんなふうに思うのか、引っかかる感覚の正体をつかもうとしたとき、鼻の奥に微香が立ち上った。

（甘い、香りが……）

どこか知っているような、奇妙な香り。イルーシェの香水かと思ったが、もっと植物の香りに近い。庭に咲いている花の香りだろうか――。

違和感は急に解けてゆき、ウィステリアは現実に引き戻される。

「そう……そうよね……ええ。うまくいってる……。ありがとう、イルーシェ。おかげで気持ちが少し楽になったわ。あなたと話すといつも気持ちが楽になる」

「ふふ。それはよかったわ。何か不安を覚えたりおかしなことがあったら全て教えてね。相談に乗るわ。私はずっと、いつでも、ウィスの一番の友人だから。……ずっとね」

イルーシェの声が胸に、頭に深く響く。叫んでいるわけでもないのに、その声は奥深くにまで浸透して酔わせてくるようだった。お伽噺に出てくるような、人を惑わす人魚の歌声のごとく――。

ウィステリアはぼんやりとしたまま、首を縦に振った。

「ええ。ずっと、大事な友達――」

――ついに迎えたその日、ウィステリアは喜びと緊張でいっぱいになった。

半分はまだ信じられない思いで、そのまま第四研究所へ向かい――ベンジャミンたちの祝福に迎えられた。

「ついにやりましたね、ウィステリア様！　おめでとうございます！」

ベンジャミンの言葉をきっかけに、他の研究員たちもたてつづけに祝福の声と拍手をウィステリアに送った。

顔に熱を感じながら、ウィステリアは高揚に上擦った声で答えた。

「ありがとう！　本当に、ベンジャミンやみんなのおかげです。まさかこんなに早く認めてもらえるなんて……」

「それだけ、ウィステリア様の論文が素晴らしかったということだと思います。《未明の地》に関する内容は査読までに時間がかかることが多いのですが、これほど素早く叶うとは……。それに叙爵まで！　本当におめでとうございます。これで、あるいは《未明の地》の研究に関する偏見を払拭するきっかけとなるかも……」

ベンジャミンは珍しく興奮した様子でまくしたてる。だが最後の言葉を聞いたとき、ウィステリアはふいに後ろめたさをかき立てられて興奮がわずかに引いた。

「……ええ。ベンジャミンたちの今後にも、少しでも役に立てれば嬉しく思います」

「もちろんです！　ああ、ロイド君もちょうどここに寄ってくれる予定です。間も無く着くでしょう。きっと彼も喜んでくれるはずです」

「そうね。彼にもずいぶん協力してもらったわ。喜んでくれるといいのだけど……」

研究室の扉が叩かれる音がしたのは、ちょうどそのときだった。扉の向こうから声が続く。

「ラブラさん。私です」

話題にしていた青年その人の声だった。

「噂をすればまさしく、ですね。どうぞ、ロイド君」

ベンジャミンは笑って言った。扉が開いてロイドが現れる。金色の目が、ウィステリアとベンジャミン、他の研究員たちを一瞥する。賑やかな雰囲気をすぐに察したようだった。

「失礼。ああ、発表がうまく行ったようだな」

「ええ、ロイドも協力してくれてありがとう。これ以上ない結果だわ」

「それは何よりだ。で、爵位も与えられた新進気鋭の研究者殿。あなたはこれからどうする？」

「えっ⁉　ど、どうって……」

「ここで終わるつもりはないんだろう？」

ロイドの声は、どことなく挑戦的だった。

思わぬ問いに、ウィステリアはにわかに答えに詰まる。――自分が、この研究に参加していた理由は。求めていたものは。この先に求めているものは。

「それは……今後のことは、まだ、あまり考えていないわ」

口内に感じる苦さを無視して、そう答える。今後のことなど、言えるはずもなかった。

眼鏡の奥で少し眠たげな目を瞬かせながら、ベンジャミンがおずおずと口を挟む。

「更なる研究のためにぜひ今後ともご参加いただきたいのですが……！」

「……ええ、私にできることがあれば喜んで」

ウィステリアがなんとか頬を持ち上げて応じると、ロイドは訝しげに片眉をつり上げた。

「何か、別の目標があるという感じだな」

見透かすような眼差しに、ウィステリアの肩は強張る。ロイドは鋭く、洞察力にも優れているのだ。

「そ、それは、ええと……その……」

いきなりのことで口ごもると、ベンジャミンもまた不思議そうな顔をして言った。

「別の目標？　僕たちも協力しますよ。ロイド君もきっと……」

「い、いいの！　大丈夫！　個人的なことだから……！」

ウィステリアは慌てて手を振り、少々無理矢理に追及を躱《かわ》した。目を丸くするベンジャミンたちと、察しの良すぎる青年から逃げるように、慌ただしく挨拶を告げる。

「わ、私、ロザリーやお父様とお母様たちにも報告したいから、今日はここでお暇するわ。二人とも、本当にありがとう。それじゃ、また今度に」

頭を下げ、急いで研究室を出る。足早に研究所から離れていった。

（……ベンジャミンたちやロイドには、不誠実なことをしてしまったかもしれない。サルトにも……。私の理由を知らずに協力してくれた……）

負い目を感じ、心の中で彼らに謝罪する。

そうしながらも、ウィステリアの鼓動は徐々に速くなっていった。

――この日が来ることをずっと待ち望んでいた。

（ようやく、求める結果を出すことができた……！　後は、ブライトに早く、気持ちを伝えなくちゃ。イルーシェもロザリーも応援してくれてるんだから。もう逃げない。ブライトが、誰とも婚約していないうちに早く……！）

もう迷う暇も、臆している余裕もない。

イルーシェの、優しい声が耳に反響する。

〝大丈夫、きっとうまくいくわ。これまで全てうまくいってるじゃない――〟

ああ、きっと、その通りなのだ。ウィステリアは友人の声を反芻《はんすう》し、自分を鼓舞した。


もう何度目かわからない。だがウィステリアは再び鏡の中の自分に目を向け、身支度の確認ごと、不安や期待、静かな興奮に向き合った。

（……今日こそ、伝えるのよ）

鏡の中から、菖蒲色の目をした令嬢が見つめ返す。いつも以上に時間をかけて身を清め、丁寧に確認して白粉《おしろい》をはたき、入念に色を選んで唇に口紅を載せた。昨晩から丁寧に梳《くしけず》った黒髪は艶やかで、お気に入りの髪飾りでまとめている。

――ブライトの目に、少しでも美しく映りたかった。

そして少しでも、望む未来に近づきたかった。

（――よし）

ウィステリアはうなずき、自分を奮い立たせた。そうして、正装し初めて社交界にお披露目となった日と同じく、あるいはそれ以上の緊張を覚えながら家を出た。


想いを告げると決めたその日は、まるでウィステリアを応援するかのような晴天だった。

場所は、気に入っている公園にした。王都内にある雰囲気の良い場所の一つで、特に噴水が美しい。それなりに人気があるため、人目が多いのではないかということだけが心配だったが、不思議なほどに今日は人が少なかった。

自分のためにすべてが整えられ、後押しされているようにさえ感じる。

ブライト自身もまた、他の予定に重なることもなく、会って話したいという申し出に快く応じてくれた。

そうしていま、ウィステリアはブライトと並んで晴れた空の下、明るい遊歩道を歩いている。軽やかな小鳥の声が、子どものお喋りのように響く。

――本題に入る前に、まず何か、話さなければ。

ウィステリアは焦り、なのに舌はもつれるばかりだった。

あんなに固い決意をして、まるで高いところから飛び降りるような思いで家を出たのに。――その家を出るまでにも、いつもの倍以上の時間をかけて身支度をし、入念な準備をしたのに。

しかしウィステリアがいつも以上に口数が少なくなっても、ブライトは急かす様子もなかった。

人見知りする質であった子どもに根気よく付き合ってくれた、あの頃から変わらない。

「ウィス、魔法に関する研究で新たな発見をしたと聞いたよ。素晴らしい論文だったと、査読に関わった学者が賞賛していた」

明るい声に、ウィステリアははっと顔を上げた。ブライトが優しい笑みを浮かべ、こちらを見つめている。その言葉に、眼差しに、頬が熱くなるのが自分でもわかるほどだった。

「あ、ありがとう……！　私一人の力ではなくて、第四研究所のみなさんや他の方が協力してくれたおかげで……」

「はは。ウィスは謙虚だな。――君にそんなふうに感謝される人々が羨ましいよ」

快活な調子にかすかな沈んだ響きが交じり、ウィステリアは目を見張る。

だがブライトは輝く陽光の目でウィステリアを見つめた。

「それで、今日私を呼んでくれたのは、論文について教えてくれるためかな？　ウィスはずっと頑張っていたからな。……もしかして、研究者の道に進みたいと思っている？」

ウィステリアは息を呑む。ブライトの表情は真摯だった。――研究者の道に進むのかと、真剣に問うている。

「そ、れは……」

緊張で、ウィステリアの喉は急に干上がった。研究者の道に進みたいわけではない――当たり障りのない、誤魔化すための他の理由を言えばいい。

けれど、ブライトのこの眼差しに、その場しのぎの答えなど返したくはなかった。

――何より、自分がいまこの場にいる理由は。ブライトに、ここへ来てもらったのは。

ウィステリアは震える息を吸い、胸の下で強く両手を重ねた。

「……いいえ。研究者を目指していたわけでは、ないの。ずっと《未明の地》や魔法の研究をしていたのは……名誉が、欲しかったから」

「名誉？」

ブライトが、金色の目を見開く。

「ええ……。わ、私、あなたの隣に並び立てるだけの、名誉と結果が欲しかったの」

「……ウィス？　まさか階級のことを気にしていたのか？　そんなことを気にしなくても、私と君の間に遠慮などいらない。私たちの交流に文句など言わせは……」

「違うの。私……私は」

ウィステリアは頭を振った。――ブライトが、昔からの幼なじみ相手に爵位の差を持ち出して態度を変えることなどないのはわかっている。傲慢さも卑しさもなく、親しい友人や気さくな交流を大事にする人だ。

けれどもう、ウィステリアはもっと違うものになりたかった。

胸の内側から叩かれているかのように、乱れた鼓動の音がする。ウィステリアはその音を耳の奥に聞きながら、ブライトを真っ直ぐに見つめた。

――太陽を思わせる黄金の瞳。輝く銀の髪。はじめて見たときからずっと忘れられず、時が経つほど存在が大きくなっていく特別な人。

そうして、ウィステリアは口を開いた。

「私、あなたのことが好き」

その言葉を告げた瞬間――黄金の瞳が、大きく見開かれた。

「友達としてではなくて、異性として……叶うなら、こ、恋人として……あなたの隣に並びたくて、そのための名誉が欲しくてずっと研究を――」

声が震えたのは最初だけで、一度堰を切ったものは勝手に溢れた。

だが唐突に言葉は途切れた。

聞こえたのは、靴が地を擦るかすかな音。

ウィステリアは小さな悲鳴を呑み込んだ。

腕を引かれ、体がわずかに傾き――温かなものに、抱きしめられていた。よく知っている高貴な――酔うような、ブライトのまとう香水の香り。

「ウィス。――本当に？」

耳元で、いつもより低い、背が震えるような艶やかな声がする。その吐息さえ感じられるほどに。

ウィステリアの鼓動は、嵐のように乱れた。顔がひどく熱い。熱が耳にまで至り、目が眩む。

「ほ……本当、です」

かろうじて、かすれた声を絞り出した。こんなに密着していては、この弾けるような鼓動もブライトに伝わってしまう。なのに、動けない。

「ああ……先を、越されてしまったな」

ブライトはそう言って、今までに聞いたことのない吐息交じりの笑い声をこぼした。くらくらするような響きに耳まで赤くしながら、ウィステリアは何度も瞬いた。とっさに意味がわからず、戸惑いの声をもらすと、ブライトは答えを口にした。

「私もだよ。私もずっと、君のことが好きだった。一人の女性として」

「……！」

――その言葉を聞いたとたん、ウィステリアの息は止まった。

紫の目をこぼれんばかりに見開き、視界が大きく揺れる。悲鳴のような鼓動はもはや隠しようもなかった。熱が頭にまで回り、立っているだけで精一杯だった。

嘘、と反射的にこぼしそうになった。だが、それを口にしたくなくて止めた。

いま自分を抱きしめる腕は、触れる熱は決して嘘ではなかった。

ウィステリアはわずかに身じろぎ、すがるような気持ちでブライトを見上げた。――ずっと渇望していたものが、自分の夢が叶えられようとしている。そのことがまだ信じられず、なのに夢だとは思いたくなくて、祈るようにブライトを見つめた。

「……本、当に？」

「本当だよ。君が好きだ。ああ、これは先を越されないうちに言う。私の婚約者になってくれるか？」

黄金の目は真っ直ぐにウィステリアを見つめ、何よりもウィステリアが望んだ言葉を与えた。

その瞬間、ウィステリアにもこれが現実だとようやく信じられた。

鼓動はうるさく鳴り響き、熱は全身に満ちてまともにものを考えられない。こみあげたもので喉が締め上げられ、ウィステリアの視界はぼやけた。

それでも、この現実を一瞬でも失いたくなかった。

「な、なる……なります。喜んで」

涙でくぐもった声で、答えを振り絞った。

滲む視界に、甘く微笑むブライトが映る。

「ああ、困ったな。君は涙まで美しい」

片腕でウィステリアを抱いたまま、ブライトの長い指はウィステリアの涙を優しく拭った。

そうして、なだめるように言う。

「君が取り組んでいる研究が一段落したら、などと思っていたんだ。そうしたら、君の前に跪いて婚約を乞おうなどと考えていた——滑稽なほどに出遅れてしまったな」

驚きで、ウィステリアの涙は少しだけ引いた。潤む目で瞬く。

「そ、そうだったの？　私、これで結果が出せたらあなたに気持ちを伝えようと思っていて……」

「そうか。同じように考えていて、君の方が早かったんだな。いや、私の臆病さゆえに遅れた。笑ってくれ。君に、兄のようにしか思っていない、などと言われるのが怖かったんだ」

臆病とは無縁だと思っていた相手の言葉に、ウィステリアは更に驚いた。ブライトにも、そんなおそれがあったのか。

——けれどそう知った途端、ウィステリアはますます胸を詰まらせ、なんとか頭を振った。

「幼い頃は、お兄様のように思っていたわ。でも、もう違う……！」

「わかってる。今、確信できた。ありがとう」

必死に言い募ったウィステリアに、ブライトは優しく笑う。他人に向けられる社交辞令のものとは違う、見ている者の鼓動を乱すような眼差しだった。

ブライトの親指は涙を拭い、大きな手はウィステリアの頬に触れる。その手の大きさを、熱を感じながらウィステリアはかすかに震える声でこぼした。

「わ、私も……。本当に、私で……いいの？　私を選んでくれるの？」

「君でなくてはだめだ、ウィス。……泣かないでくれ。君は涙さえも美しいが、笑った顔がとても好きなんだ」

少し困ったようになだめるその言葉が、ウィステリアの涙腺を強く刺激した。泣くまいとする意思とは裏腹に、溢れる感情で次から次へと涙がこぼれていく。

「ごめんなさい、あまりにも幸せで……夢みたい」

「私もだ。でも、夢じゃない」

ブライトの腕が優しく、だが力強く抱きしめてくる。

その大きな体にウィステリアは顔を預け、おずおずと手を持ち上げて抱き返した。

――すべてが幸せで、信じられないほど満ち足りている。ほんの一瞬で、世界は一変していた。

（このまま、時が止まってしまえばいいのに……）

三章

夜会に参加するのは初めてではない。だが今宵の夜会は、ウィステリアの人生でもっとも特別な意味を持った。

――今回は、これまでとは決定的に異なるのだ。もう、結婚相手を探すために参加するのではない。ブライトに想いを伝えた日よりも更に入念に、倍以上の時間をかけてウィステリアは身支度をした。

今日は婚約者と参加する、はじめての夜会なのだ。

金色の刺繍が華やかな赤いドレスに、まとめあげた黒髪を彩る髪飾りも、首元や耳を引き立てる装飾品も、小粒のダイヤモンドがあしらわれた金色のものにした。それは、見ようによっては銀と金にも見える。

ウィステリアは姿見の前で何度も回り、全身を確認する。少し離れたところで、この装いを手がけてくれた侍女が微笑ましそうな顔をして見つめていた。

その隣でロザリーのほうは驚いた顔をしていた。

「ロザリー、どうかしら？　このドレス、似合う？」

「とっても似合ってるわ！　ブライトのためだと思うと、複雑だけど……」

「ふふ。ありがとう。じゃあ、行ってきます」

「ちゃんと帰ってきてね！」

義妹の思わぬ一言に、ウィステリアは目を丸くする。

「あ、当たり前じゃない……！」

今度の夜会も泊まりではないし、そこまで遅い帰宅にはならない。帰ってくるに決まっている。それとも寂しいのだろうか、とウィステリアは内心で首を傾げた。

部屋を出て、浮かれすぎて転ばないように、と自分を戒める。細く高い踵の靴が、いつもとは違う弾んだ音を響かせる。

そうして、玄関広間にブライトの姿を見つけた。均整のとれた長身に盛装姿で、後ろ姿も美しい。

「ブライト！　待たせてしまった？」

「今着いたところだ。ああ……君は私の乏しい表現力を試そうとしているのかな？　今の君の美しさを讃えるのにふさわしい言葉が見つからない」

ブライトはすぐに振り向き、ウィステリアを見たとたん、まばゆいものを見るような顔をした。ウィステリアの頬は熱くなる。鼓動が跳ねるだけでなく、露出した首や肩まで熱くなるような気がして、思わず目を伏せる。

――盛装したとき、ブライトはいつも褒めてくれる。礼儀正しく、適切な距離を保ってそうしてくれていた。

けれど今は、いつも以上に熱がこもっているようだった。眩しげな目も、ため息交じりの声も、もっとずっと近しく、感情を鮮やかに伝えてくる。

「そっ……あ、あり、がとう……」

「うつむかないで、ウィス。もっと近くで君の姿を見せて」

その言葉に、ウィステリアの心音はもっと騒がしくなる。だが、婚約者となった人の声に吸い寄せられるように、ブライトのもとに歩み寄った。

そうして側で立ち止まると、ブライトの感嘆のため息が聞こえた。

「側で見ると……ますます言葉が出なくなるな。他に言葉が見つからなくてすまない。君は本当に美しいよ、ウィス。私のためにこれほど美しくなってくれたのかな」

惜しみない賞賛に、ウィステリアは胸がいっぱいになった。これまでは、気の利いた返しをしようとして緊張や考えすぎるあまり、結局できずに後で悔いることが多かった。

――けれどもう、不安に思う必要も、臆することもしたくない。

こく、とウィステリアはうなずいた。

「……あなたの隣に、少しでも並べるようにと思って……」

そう声を振り絞ると、ブライトは驚きを露わにした。〝生ける宝石〟と呼ばれるその人は少しだけ困ったような顔をした。

「私のために君が美しくなってくれるのは嬉しいが、君は自分自身を過小に評価しているよ。隣に並ぶ資格だとか、そんなことは気にしなくていいんだ」

「でも……、ううん、そうね。あなたがそう言ってくれるなら……。あの……あなたも、とても素敵だわ。いつも素敵だけど、今は、本当に目が眩みそうなくらい」

ウィステリアは更に勇気を振り絞って、そう伝えた。

するとブライトは目を丸くしたかと思うと、輝くような笑顔になった。

「光栄だな。君は、今日はどこまでも私を喜ばせてくれるつもりなのかな？　そんなに私を喜ばせてどうするんだ？」

「こ、これまでずっと、恥ずかしくて言えなかったから……！」

胸の下で組んだ手に力を込めながら、ウィステリアは正直に吐露する。

ブライトの目が、熱を保ったまま和んだ。

「……そうか。じゃあ、無事に婚約したことだし、これからはもっと色んな本音を聞かせてくれるか？　聞きたかったことを聞かせてくれるのかな」

ウィステリアははっとし、それから強くうなずいた。――恥ずかしくて伝えられなかったこと、嫌われるのが怖くて言えなかったことも、これからはもう言えるのだ。

互いに見つめ合い、その想いを共有したとき、軽やかな足音と少女のような高い声がそれを破った。

「ちょっと！　ウィス姉様の婚約者になったからって調子に乗りすぎないでよね！」

「ああ、ロザリー。元気そうで何よりだ」

「元気そうで、じゃないわ！　何よその今気づきましたみたいな返事！　明らかに落胆した声じゃない！」

ロザリーは腕を組んで階上から見下ろし、ブライトはそちらに顔を向けていつもの笑顔を見せる。

親しく気さくな相手に向けるものだ。――だが確かに、先ほど自分に向けられたものとは少し違うように思えた。

義妹がいかにも不満げな顔をしていることに、ウィステリアは慌てて介入する。

「ロ、ロザリー、ちょっと落ち着いて……！」

しかし不満をぶつけられたブライト本人は特に気にした様子もなく、大丈夫だ、とウィステリアに答え、にこやかな笑顔を崩さない。

「実際、すごく元気じゃないか。いいことだ」

「いかにもな笑顔で誤魔化したわね⁉　あなたのそのうさんくさい笑顔には騙されないいんだから……！　とにかく、姉様のエスコートはあなたに任せるけど、ちゃんと姉様を守ってよね！　あなた自身が不届きものになったらダメなんだから！」

「不届き？　なんのことかな？」

「なっ⁉」

ロザリーは衝撃を受けたようによろめき、一方でブライトは爽やかな笑みを向けたままだった。

ウィステリアは何度も瞬いて二人を見つめ、言った。

「ロザリー、あの、私は大丈夫だし、ブライトがそんなことをするわけ……」

「……ウィス。君は君でもう少し警戒心を持ってもいいかもしれない。そのままでいてほしいという気持ちもあって迷うところだが、意識されすぎないのもな」

「えっ……⁉」

「いやー‼　やっぱりあなた、底意地が悪いわ！」

階上からロザリーが叫ぶ一方、ウィステリアは目を丸くした。ブライトの微笑には少し困ったような、あるいは迷うような感情が滲んでいる。

それでも、ルイニングの〝生ける宝石〟は、今度はおどけた口調で言った。

「はは。まあ、今夜の私は月の女神を攫《さら》って周りに見せびらかす強欲な男だからな。厳しい批判も甘んじて受けよう」

「うわっ！　その笑顔なんなの！　その顔でそんなこと言えるの、あなたぐらいのものね！」

ロザリーが負けじと言い返す。幼い頃から親しいがゆえに許される戯れ言の応酬。いつもと変わらぬやりとり。

——なのに、ウィステリアは突然強い既視感に襲われた。

（月の……女神。以前にも、言われたような……似たような光景が……）

もっとずっと過去に見て、遠い記憶が急に立ち現れたかのような感覚。

〝ああ、月の女神が舞い降りてきてくれたかのようだ〟

以前に、ブライトはそんなふうに褒めてくれたのだろうか。きっと、そうだ。なのになぜ、こんなに胸が騒ぐのか。

（あの言葉は夢？　それとも以前に……。ブライトに言われたことを、忘れるはずはないのに。それなら夢？　なぜこんなに心が騒ぐの？　胸が苦しい。まるで………）

にわか雨のように不安が勢いを増す。得体の知れない感情。なぜこんなことを思うのか、ウィステリア自身にもわからなかった。

「ウィス？　どうした？」

「姉様？」

二人の声で、かろうじて現実に引き戻される。ウィステリアはとっさに不安を抑え込み、顔を持ち上げた。

「……なんでも、ないわ」

「どこか具合が悪いなら、休んだほうがいい」

ブライトが気遣わしげに言い、ウィステリアは首を横に振った。

「ううん。大丈夫。緊張はしているけど、今日の夜会は楽しみだから」

「無理はしないでくれ。……だが、楽しみにしていたのは私も同じだ。君を婚約者として連れ出せる初めての機会だからね。大丈夫なら、行けるか？」

「ええ」

ウィステリアは、今度はもう少し自然な笑みを浮かべることができた。不満げな顔をしつつ、ロザリーも結局は折れることにしたらしい。

「もー！　早く帰ってきてねー！」

「ええ。行ってきます」

率直な妹に苦笑いして、ウィステリアは差し伸べられたブライトの手を取った。

はじめて迎える幸福な夜会へと、一歩踏み出す。

（変なことは考えないようにしよう。きっと、変な夢でも見たんだわ。この現実を失いたくない。

この幸せを失いたくない……。いいえ、今目の前にあるものが現実なのだから……）

〝目を覚ませ、イレーネ！〟

突然、脳天を貫くように声が響いた。

ウィステリアは打たれたように立ち止まり、反射的に周囲を見回した。

だが、そこにサルティスはいない。

王都の日中の通り。研究所に向かうまでの道は大通りより人は少ないが、それでもサルティスが好むような閑静な場所とは程遠い。

――ほとんど家から出ず、人混みを避けるサルティスがこんなところにいるはずもない。

（幻聴？　サルトは……、いない。歩いている間に一瞬白昼夢でも見たの……？）

ウィステリアは立ち止まったまま、思わず手で口元を覆った。

天啓のごとき声だった。けれど何かの啓示というには緊張と剣呑さが強く、まるで――警告を思わせるような声に思えた。

ウィステリアは小さく首を横に振り、その感覚を追いやろうとした。

突拍子もない幻聴、気のせいだ。――なのに、妙に耳に残る。

不安が徐々に増し、それを振り払うように足早に歩いた。向かっているのは、第四研究所だ。論文の発表以来、ほとんど訪問していなかったため、せめて挨拶だけでもしたかった。

三階建ての古い建物にたどりつく。

見慣れた建物であるはずが、久しぶりの訪れで少しだけよそよそしくも感じられる。

ウィステリアは少し自分を鼓舞してから研究所に足を踏み入れた。一階で顔を合わせた研究員たちは、みな控えめながらも歓迎の空気を持ってくれている。

ベンジャミンたちは用事があってまだ戻って来ていないが、間もなく戻ってくるだろうから待っていてはどうかと提案を受けた。

ウィステリアはその言葉に甘えることにした。

いやな顔一つしない研究員たちの態度に安堵と感謝を抱きながら、いつもの研究室へ——階上の一室へ向かう。

その扉は少し開いていた。

（ベンジャミンたちが戻っているのかしら）

内心で首を傾げながら、ゆっくりと扉を開く。

室内には先客がいた。ベンジャミンでも、他の研究員でもない。

質素だが仕立ての良い服を着たロイドだった。ローブは羽織っていない。資料をおさめた棚を眺め、横顔をこちらに向けている。白いシャツにベスト、黒の下衣という姿だが、彫像を思わせる体つきのためにひどく洗練されて見える。

ウィステリアは息を呑み、強い違和感に襲われた。

「ロイド……。あ、れ？　剣が……」

無意識にそうつぶやいたとき、視界が揺れた。

〝師匠!!〟

頭の中に、叫びが響く。――先ほどのサルティスと同じ、険しい声。

ウィステリアは顔をしかめる。揺れるような錯覚に軽く頭を振り、ロイドに焦点を向ける。

ロイドは振り向いた。

「ああ、あなたか。ラブラさんたちなら、資料を探しに出て行ってまだ帰ってきていないぞ」

「え、ええ……。あなた一人で、実験していたの?」

「軽くな。あなたがここに来るのは久しぶりだな。よほど忙しかったのか?」

ロイドはわずかに皮肉の調子をまぜて言う。ウィステリアは少しばつの悪い思いをした。あの日以来、浮かれて、他のことが考えられなかったのは事実だ。それでも、先ほどの奇妙な声はまだ鮮明に頭に残っている。

「ええ……ごめんなさい。……あの、ロイド」

「なんだ?」

「あなた、剣を習ったりしていない? 剣を身に帯びたことは……ない?」

ウィステリアの問いに、ロイドは訝る表情をした。

「剣? なんのことだ。まあ素人よりは使えるが、祭礼以外で剣を身に帯びる必要などないだろう。敵兵や魔物と戦うわけでもない」

ロイドの答えは、当然のものだった。警護の仕事すら、実際に剣を振ることは少ないという。

――だが、最後の言葉がウィステリアの中で火花のように散った。

「魔物と、戦う……」

何気ないたとえ。なのに、それが音をたてて空白に嵌《は》まるような感覚があった。欠けていた大きな一欠片。まるで、秘されていた真実であるかのように。

「おい、どうしたんだ。あのルイニングの後継と婚約して幸せボケでもしてるのか？」

目の前のロイドの言葉が、どこか遠い。

（ロイドに感じる違和感の正体……。彼が、剣を帯びていないから……。サルティスにも、剣という考えが浮かんで……一体、これは何なの？　それに……）

どくどくと鼓動が乱れはじめる。緊張、不安。そして、誤魔化しようのない怯えが確かに湧いてくる。――何かを、大事な何かを忘れている気がする。それを思い出すのがおそろしいのに、思い出さなければと気が急《せ》く。

ウィステリアは鈍い動きで視線を上げ、眼前の青年を見つめた。

「師匠、と……。ロイド、あなたは誰かを師と仰いだことがある？　誰かを、師匠と呼んだことは？」

「唐突だな。魔法を学ぶにあたって何人かに師事したことはある。むろん、その際に師匠と呼んだ」

ロイドはおどけたように答える。ウィステリアは重く頭を振った。

「……私を、師匠と呼んだ？」

「あなたを？　確かにあなたに学んだことは少なくないが、師匠と呼ぶにはまだ早いんじゃないか。

……本当に顔色が悪いぞ。医師を呼ぶか？　あるいは迎えを呼ぼうか」

「……いいえ」

無意識にウィステリアの声はかすれた。次第に闇に目が慣れていくように、漠然としていた中に何かが浮かび上がってくる。強い違和感の正体。何かが欠けている。違っている。忘れている。そう意識したとたん、記憶の闇の中にまた輪郭が浮かぶ気がした。

——剣。サルティス。ロイド。

（浮かんでくるこれは幻覚？　強い既視感を持った夢？　それにしては、あまりにも生々しい……）

自分の震える呼吸が、やけに耳をついた。他の音が遠くなる。ブライトに想いを告げて以来、輝きと喜びに満ちていた世界が変わっていく。

ロイドは剣を持っていた。そして、その理由は。

「——〝真《しん》〟。自分の理由……」

その言葉が、勝手に喉をついた。ウィステリアは愕然《がくぜん》とし、同時にまた、大きな一欠片が音をたてて自分の中であてはまるのを感じた。

「何？　何を言ってる？」

ブライトによく似た青年は、疑問の目を向けてくる。

その目を見つめながら、ウィステリアは口を開いた。

「……ロイド。あなたが、力を求める理由は何？」

そう問うた声は、まるで自分のものではないかのように響いた。硬く、強張って——養親に褒められ、ブライトの婚約者にもなった令嬢が出すはずのない声。

目の前の青年は驚いたような顔をしたが、軽く肩をすくめた。変わった冗談でも言われ、鼻先であしらうように答えた。

「ただの暇つぶしだ。はじめに言っただろ。魔法を学ぶのは、退屈しのぎのためだと。特別な意味や理由などない」

——その答えを聞いたとき、ウィステリアは呆然とした。

違う、と頭が勝手に反発する。自分の耳を疑い、なかば無意識にこぼしていた。

「……本当に？」

「いきなりどうした。先ほどからおかしいぞ。熱でもあるのか？」

ウィステリアは後ずさる。

目の前の青年が、ロイドであるはずの人間が急に別の何かに見えた。

「違、う……」

うめきが、思考よりも先に口をついて出る。

——とたん、そのうめきに同調するかのように、脳裏にいくつもの記憶が閃光となって迸った。

〝意味を知りたいからだ〟

〝——なら、私にこの力が授けられた意味は何だ？　何を理由にして、どんな意味を持てばいい？〟

それは確かに、ロイドの声だった。目の前のロイドとは違う——剣を振るい、己の理由を求めている青年の。

「本当にどうした？」

退屈しのぎだ、と言い切った青年が一歩近づいてくる。

〝自分を試したいんだ。どこまでやれるのか、どこまでいけるのか〟

同じ青年の声であるのに、もっと硬質で——力を持った言葉が生々しく蘇り、ウィステリアの現実を揺るがした。

「っ!!」

「おい……!?」

とっさに、ウィステリアは身を翻していた。そのまま、研究所から飛び出す。

(これは記憶? 夢? 幻? 何が現実なの? わからない……! ロイドの剣、力を求める理由……サルティスは剣で……!)

四章

——走って、走って、息があがった。

だが恐怖と焦燥に駆られ、立ち止まることはできなかった。

ウィステリアの足は無意識に郊外のサルティスの家へと向かっていた。——自分の、人の足ですぐに着く距離ではない。しかしそのことに疑問さえ持たなかった。

いつの間にか閑静な通りの、見慣れたはずの家の扉が目に飛び込んでくる。求めたがゆえにすぐにたどりついたかのようで、扉に飛びつくようにして、その扉を忙しなく叩いた。

「サルト……サルティス！　いるんでしょう!?　話を聞いてほしいの！　私、変な幻覚が酷くなって――」

息を乱しながら、扉に向かって叫ぶ。

いつもなら、渋面のサルティスがさほど間を置かずに出迎えてくれるはずだった。

なのに扉は開かず、その向こうに足音や物音が聞こえることもない。

不在かもしれないと考える力は吹き飛んでいた。――サルティスはいつもここにいた。今も、そうであるべきだった。

「サルト！　お願い、出てきて！」

焦りのままにまた扉を叩いたとき、わずかに軋むような音をたてて、扉が動いた。

ウィステリアははっとし、取っ手をつかんだ。招かれているかのように、少し力を入れるだけで扉は勝手に開く。なぜか、鍵はかけられていない。

「サルト……？　いるんでしょう？」

か細い声でそう呼びながら、ウィステリアは扉を開いた。他人の家に勝手に入るべきではない。けれど今は、自分の胸にある不安をとにかくサルティスに聞いてほしかった。

何度も来た家に足を踏み入れ、サルティスの名を呼びながら探し回る。

厨房兼居間。元は応接室だったらしい書斎。二番目の書斎、あるいは倉庫。

「サルティス？　どこへ行ったの？　どうしていないの？」

尊大な友人の姿を捜す。寝室らしき部屋の扉さえも開けたが、そこにもいなかった。

家具や書物はあるのに、どこか生活感が薄く、家主の気配はなく、今まで見てきたものがまるで別の何かに変貌したかのようだった。

サルティスの痕跡はなく、存在すら感じられないことが、ウィステリアを更に打ちのめした。

――何かがおかしい。それはもはや、違和感や妄想で片付けられるものではなかった。

まるで、悪夢の中に迷い込んだかのような感覚。

ウィステリアは膝から崩れ落ち、床に座り込んで震える息を吐いた。

「今が幸せなの……ようやく夢が叶って、すべてうまく行ってるのに。なのに、どうしてこんな不安になるの？　何かに急かされて、焦っているような気がするの。どうしておかしな幻覚ばかり思い出すの？　怖いことなんて何も考えたくない……今に何も不満なんてないのに」

サルティスはいないとわかっていながら、耐えきれずに感情を吐き出す。

答えてくれるものなどなかった。

気配と生活感すらも消えた空虚な家だけが、ウィステリアの周りにあった。

――ふいに、しんとした冷たい静けさがウィステリアを包む。

(私……どうしてここへ来たんだろう。サルトは、《未明の地》の研究に協力してもらっていただけなのに……)

こんな不安を話せるのはサルティスだけだ。――まともな話し相手は、サルティスだけ。ほとんど無意識に、そう思い込んでいた。

それに気づいたとたん、強い頭痛がウィステリアを襲った。

痛みに声をもらし、両手で頭を抱える。あと少しで何かがつかめそうなのに、頭の中に靄がかかる。あの、どこかで嗅いだことのある甘ったるい香りが漂う——。

（違、う……サルティスは……サルトは、私の——！）

思考を奪おうとする力に抗い、強く唇を噛んだとき。

『これがお前の終わりか？』

かつて聞いたことのない——だが誰よりもよく知っている声がした。

冷酷な宣言じみた声色。厳しく、けれど一切の偽りなく、自分に与えられた忠告の言葉。

ウィステリアは顔を上げ、サルティスの姿を捜した。

「サルティス？　どこにいるの⁉」

よろめきながら立ち上がり、周囲を見回す。

——次の瞬間、目眩のするような香りが押し寄せた。

腐敗寸前の果実を思わせる、獰猛なほど甘い匂い。

ウィステリアは顔を歪め、とっさに手で鼻と口を庇った。

「これ、は……！　甘い、香り……この香り、どこかで……」

どこからともなく漂う異常な空気に思わず後ずさったときだった。

「ウィス」

その声が突然、響いた。

小さな靴音。ウィステリアは大きく目を見開き、声の主に振り向いた。玄関に立つ、その人影。

「イルー、シェ？　どうして、ここに……」

「ふふ。だって、あなたの一番の友達だもの。ずっと、ずぅーっとね。何の不思議があるの？」

目尻の下がった、優しげな黒青の瞳。

――なのに、こちらの問いには何一つ答えていない。

弧を描くその目はすべてを見通し、別人の顔で嘲笑っているかのようだった。

知らず、ウィステリアは後退する。

「どうしたの、ウィス。どうして逃げようとするの？　これは、あなたの望んだ幸せな世界じゃない」

「何を……」

「あなたの夢がすべて叶った幸せな世界。あなたにとっての完璧な現実よ。ここにはあなたを愛してくれる養親も、仲の良い妹も、親切な研究仲間たちもいる。私という親友もね。あなたがずっと焦がれていた愛しい人も。消えることなく、ずっといるわ。……なのに、そのすべてを捨てようとするの？」

ウィステリアは息を止めた。反射的に後退した踵が、床の何かを踏んで軋むような音をたてる。

――イルーシェの声が、頭の中で重く反響する。

夢。現実。世界。そのどれが、真実なのか。

「わ、私……私は」

「怖いことなんてすべて忘れてしまえばいいわ。大丈夫、この世界のすべてはあなたの思うがまま。あなたの夢を叶えてあげるわ。ずっと望んでいたことも、その先で望むことも……」

イルーシェの声は、砂に落ちる水のように吸い込まれていく。——ウィステリアの不安や望みに寄り添い、常に肯定し、いつでも望む答えをくれる存在だった。

そのイルーシェの声に誘われ、夢、望み——と譫言《うわごと》のようにウィステリアは繰り返す。

「そうよ。私は何でもわかってるんだから。〝ウィステリア〟が何を望むか、何を願うか、何を欲しているのか……」

イルーシェが撫でるような声でそう告げたとき、ふいに甘い香りが漂った。

——あの、どこかで覚えのある香り。それがイルーシェから発生している。

「う……っ」

ウィステリアは顔を歪め、よろめく。手の甲を鼻と口に押し当てた。しかし入り込んだ香りは頭まで巡り、とたんに倦怠感をもたらす。頭の中に靄がかかるような感覚。

——香水などではない。イルーシェの庭にあった植物の香りでもない。もっと歪で、危機的なものだった。

(この香り……！　頭の中がぼやけて……自分が無理やり溶かされるみたい……！)

息を止め、イルーシェから遠ざかろうと更に後退する。

親友と思っていたはずの存在は、その分ゆっくりと近づいてくる。悠然とした足取りで、獲物を追い詰めるかのように。

「抗わないで。私たちは、ずっと一緒でしょう……？」

甘い毒が滴る声が響く。ひそやかな、捕食者の笑い声。

「ねぇウィステリア……」

距離を取ろうとして、ウィステリアは失敗した。膝から崩れ落ち、顔を歪めて手で頭を抱える。むせ返るような香り。不気味なほど柔らかい声。脳内に靄が広がり、考える力を、立ち上がる力を奪っていく。

(意識を、持っていかれる……！　だめ……！　思い出さなきゃ――)

奥歯を噛み、息を止めて抗う。

――何かがおかしい。こんなことはありえないはずなのに。

イルーシェはなぜこんなことを。何者なのか。何が――起こっているのか。

(本、当は……現実は……！)

思考が溶かされそうな中、鈍い恐怖が強くなる。このままでは取り返しがつかなくなる。まるで死が迫っているように――。

〝怖いの、死にたくない……！〟

突然、その声が頭の隅によぎった。否。思い出した。

ウィステリアは、愕然と紫の目を見開いた。

今の自分と同じ。違う。死への恐怖。義妹であるロザリーの声。それを聞いたのは、あの少し開いた扉の向こう。

それから。

〝ロザリーの代わりに――《未明の地》に行ってくれ〟

太陽と称されたブライトとは別人のような、凍えた声。

――けれどそれは、確かに彼が自分に告げた言葉だった。

〝立て、イレーネ。どれだけ泣き叫んでも、お前に手を差し伸べられる者はいない〟

暗い、決して夜明けが来ることのない地で、サルティスの言葉を聞いた。それが絶望も安堵ももたらしたことを、忘れるはずがない。

ああ、とうめきとも慟哭《どうこく》ともつかぬ声がウィステリアの喉からもれた。

ここで起き上がらなければ、自分で立ち上がらなければ、その先に待つのはきっと永遠の安寧だ。たとえ偽りだとしても。

けれど、今はまだ。

〝二度と、あなたのことを魔女とは呼ばない〟

剣を帯びた、青年の硬質な声。ブライトに酷似して、暗い異界に、一筋の光とともに現れた存在。

ウィステリアは強く息を止め、手を握りしめた。萎えかけた足に力を込め、よろめきながら立ち上がる。思考を鈍らせようとするものに抗い、紫の目で強く相手を睨んだ。


「――君は、誰だ」


イルーシェと名乗った存在の目が見開かれた。

低く、険しい声を発し――その声こそが自分だと、ウィステリアの意識は明確になる。

勢いを失わぬうちに、目の前の相手をはっきりと認識した。

――奇妙な、黄味や緑がかった輝きを持つ髪。人のものとは思えぬ青黒い目。

「え……?」

奇妙な色彩を持った相手は、驚いた人間そのものの声をもらす。

だがウィステリアは怯まなかった。

「ずっと一緒? 親友? 何のことだ。私は……イルーシェという人物と友人になった覚えもなければ、会ったことさえもない」

――記憶を探っても、イルーシェという人物と過ごした過去など一つもない。知人にさえもその名はない。

ただ漠然とした、架空の関係を疑いもせずに真実だと思い込んでいただけだ。

イルーシェはすぐに、あの穏やかな微笑を浮かべる。取るに足らぬ問題をいなすかのように。

「落ち着いて、あなたは……」

「……君は普通の人間ではないな。サルティスをどこへやった? いや……ここには、元からいないのか。サルトが、人であるはずがない。ここはどこだ?」

ウィステリアは目元を歪めて頭を振り、周囲を見回した。甘い香りのせいで頭は重く、思考はまだ鈍い。しかしもう、視界にあるものが異常だと理解していた。

サルティスとロイドの姿はない。少なくとも、ここは《未明の地》には見えない。

「ここが現実。ここが、あなたの望んだ世界よ」

誘うように、イルーシェは言う。

「――っ違う！」

「いいえ、この世界が現実よ。いったい何が不満なの？　なぜこの世界を壊そうとするの？」

イルーシェがそう言ったとたん、あの甘い香りが更に強くなった。風もないのに、意志あるもののごとくウィステリアに押し寄せる。意識を鈍らせ、歪めようとする。

「う、ぁ……っ！　や、めろ……！」

ウィステリアは足に力を込め、崩れそうになるのをかろうじて踏み止まる。

「抗わないで――」

イルーシェが、再び距離を詰めてくる。

このままでは囚われる――逃げなければ。

ウィステリアは強く息を止め、一転してイルーシェに向かった。

すぐ横を駆け抜け、家を飛び出す。

「ウィステリア！」

その声を背に、ウィステリアは全力で走る。

自分の荒い息が聞こえ、その分だけ、確かに実感と思考を取り戻していった。

（これは幻覚――この世界のサルティスは幻だ。ロザリーや、お母様やお父様や、ベンジャミンたちも……。おそらくロイドも。この世界は本物じゃない。私の願望が反映された、都合のいい虚像だ！）

外は陽が傾きはじめ、漠然とした暗さが忍び寄っている。呼吸を乱して走りながら、ウィステリアはサルティスとロイドを捜した。

「サルト！　ロイド！　どこにいる!?」

――本物の二人、剣であるサルティスはともかく、本物のロイドは無事なのか。

王都の通りには、人がいない。まるで世界からすべての人間が消えてしまったかのようだった。

翳《かげ》った日の光に浮かぶ道を、どこへともなく走る。

「サルティス！　ロイド――」

何度目かわからぬ叫びをあげ、やがてウィステリアは止まった。荒い呼吸を繰り返し、周りを見回す。一見すると何の変哲もない、王都の通りの一つ。並ぶ建物、舗装された道。――人がいない以外には、異常はない風景。

だがそれゆえに歪で、ありえるはずのない世界だった。

ここから抜け出すには――。


「ウィス」


その呼び声に、ウィステリアは息を止めた。

他のすべてが停止する。抗いがたい力に吸い寄せられ、声のほうへ振り向く。

ここから抜け出そうと走ってきた道に、いつの間にかブライトが立っていた。

イルーシェと同じく突然現れ、だが何もおかしなことなどないというように、その唇には微笑が浮かんでいる。

カツ、と足音がして、ブライトは一歩近づく。

「君を捜してたんだ。急にいなくなって、どうした？」

優しく、慕わしい声。――この異常な世界で、ブライトが自分を見る目や、向ける声は変わらない。

否。自分にとってひどく心地よく、かつて願った夢がそのまま現実になったかのような言動だった。

ウィステリアは強く唇を閉ざし、一歩後ずさった。

「……違う。あなたはブライトじゃない」

「何を言ってるんだ？　私は君を望んで、君もまた私を望んでくれた。私たちは婚約した。それが夢だというのか？」

穏やかに問いかける声が、ウィステリアを揺さぶり、胸を鈍く軋ませた。

望み。婚約――夢。

すべてがうまく行き、想いを告げて同じものを返された日のことが脳裏をよぎった。あの舞い上がって目の眩むような感覚。ほんの先ほど起こったことのように思い出せる。

ぐらつきそうになる足で地を踏みしめ、ウィステリアは手を強く握った。引きずられそうになる心を振り払う。

「……ああ。そうだ。現実は……こんなふうには、ならなかった」

沈めていた場所に爪を立てるように思い出す。――あの日、目の前にいる人はロザリーに愛していると告げた。そうして、自分と訣別した。

同じ姿、同じ声をして、ブライトに酷似した何かは言う。

「現実？　現実とは何だ。ウィス、君は、こんな世界を望んでいないというのか？」

目の前の男は、少し悲しげに微笑む。

「私と君の思いは同じ。そうだろう？　ウィステリア」

そうしてまた一歩、ブライトと同じ姿をしたものは近づく。

それに答えられないまま、ウィステリアは後退した。

「来ないで」

その言葉を絞り出す。吐息はかすかに震え、揺らぎそうになる自分を押し止めた。

――これは、ブライトじゃない。本物の彼じゃない。どんなにブライトのように思えても違う。

なぜなら、彼は。

自分に繰り返し、言い聞かせる。そうして、声にした。

「夢であっても、もうあなたに触れられない。あなたが、私のものじゃないと知っているから」

ブライトの虚像は、穏やかに微笑む。聞き分けのないことを言われて、しかしそれすら許すというように。

「それは、君が過去だと思い込んでいる場所での出来事だろう？　この世界は違う。君の望みのままになるこの世界を真実にすればいい。この幸せな夢を現実にすることの何が悪い？」

「……ええ、そうね。この夢のような世界が現実であったなら……とても、幸せだわ」

ウィステリアは脆く、微笑を返した。

――なら、とブライトによく似た人は言う。

ウィステリアはその似姿を見つめ、一度強く奥歯を噛んだ。

(……思い出せ)

自分を叱咤する。――本当は、何があったのか。忘れたくても、忘れられるはずがない。

これまで積み重ねてきたものをなかったことにはできない。それは、真実すべてを失うことだ。

目元をわずかに震わせながら、金色の目を真っ直ぐに見つめ返した。

「……でも、本物のあなたは私を選ばなかった。真実のあなたは……私ではなく、ロザリーを選んだの」

その言葉に応じるかのように、ウィステリアの頭に別の叫びが響いた。

〝起きろイレーネ！〟

〝師匠、目を覚ませ！〟

――気のせいや違和感などではありえない、本当の、鮮烈な呼び声。

ここではない場所で呼んでいる、サルティスとロイドの声。

ウィステリアは一度だけ目を閉じ、瞼を持ち上げて正面の相手を見た。

「現実のあなたがロザリーを選んだことを知っている。その道の先にロイドが生まれることも、もう知っている。だから、この夢を見続けることはできない」

「ウィス……」

「この夢を選べば、幸せに終焉を迎えられる。でも今はまだ、それを選ぶ時じゃない」

ゆっくりと頭を振り、ウィステリアは数歩下がる。ブライトの姿をしたものから距離を取る。

そうして、穏やかな微笑を浮かべたままの男を見た。まるで記憶をそのまま再現したかのように変わらない。この異常な世界の異常さに気づいていない。

否。この世界で、異常なのは。

ウィステリアは、淡く笑った。

「――あなたの夢は、少し早すぎる。いいえ、あるいは……」

その先をこぼしそうになって、止めた。

これは本当の彼ではない。サルティスにさえ打ち明けないことを、この目の前の何かに言いたくはない。

ウィステリアは感傷を振り払い、強く相手を睨む。そして、訣別を口にする。

「私はサルトとロイドのところへ戻る。だから――さよなら」

それが、最後だった。大きく砕け散るような音が響き、ウィステリアの意識は暗転した。

五章

「イレーネ!」

脳天を貫くようなその声が、世界を揺るがす。

ウィステリアははっと目を開けた。とたん、薄闇の中、淡い銀光に包まれた青年の姿が見える。

——あの人と同じ、黄金の目に銀色の髪。けれどこの黄金はもっと鮮烈で鋭く、銀の髪は長い。

「ロ、イド……っ⁉」

絞り出した声は、かすれて咳き込んだ。

『馬鹿者！　早く立て！』

今度は聖剣の声が頭に谺する。それに軽く頬をはたかれたように感じ、ウィステリアは目元を歪めた。立ち上がろうとして、気づく。

上体を抱き起こされ、傍らにサルティィスが放り出されて横たわっている。ロイドは片膝を折り、左腕でウィステリアを抱えていた。

ロイドの右腕は自らの剣を抜き、臨戦態勢にある。

周りにはロイドの魔力で起こされたと思われる風が外側に向かって吹いていた。風の流れは少し不安定だが、霧を押し返すために、二人と一振りの周りに壁を作っている。

それでも、完全に侵入を防ぐことはできないようだった。

——周囲には頭痛を引き起こすようなあの異様な香りと、風の向こうに白く変色した濃霧が漂っている。

ロイドはわずかに顔を歪め、少しくぐもったような声で言った。

「目を覚ましたか。無事か？」

「……何とか。何があった……？　ロイド、口から血が……！」

青年の唇から一筋の血が流れていることに気づき、ウィスティリアは目を見開く。

ロイドはかすれた声で言った。

「これは問題ない。霧が漂いはじめ、あなたがこれを吸うなと警告して意識を失ってから、霧が濃くなった。この、吐きそうな甘ったるい香りもだ。自然現象の霧ではないな。だが元凶が見えない……、っ」

ロイドの目元が険しく歪み、息を詰める。

『立て、イレーネ！　この状況では、剣士の小僧では反撃が叶わん！』

サルティスの声に、ウィスティリアはロイドの腕から起き上がり、少しふらつく足で立ち上がった。

虚構の名残を払い落とすように頭を振る。ロイドもまた立ち上がった。

ウィスティリアは青年の黄金の目と、横たわる剣とを見た。

「君とサルトが私を守ってくれたのか……すまない」

口内に広がる苦さと、鼻腔の奥の吐き気がするような甘さを堪える。そして、顔を上げた。

紫の両眼は、周囲を遮るかのような濃霧を睨んだ。――覆い隠されたその奥にあるものを射る。

「――下がってくれ、ロイド」

右腕を一度強く振り下ろし、低く、硬くウィスティリアは告げた。――これは自分の失態だ。

「師匠……」

ロイドはにわかに反発と不満を滲ませる。しかしウィスティリアが退《ひ》かないとわかると、それ以上は抗わなかった。

ウィステリアは全身の感覚に意識を集中させた。体を苛む怠さを、怒りで抑え込む。

静かに息を吸う。右手に魔力を集中させる。幻覚で見た、あのときの自分はもういない。

濃い藤色の目で霧の向こうを睨み、右手を突き出した。

「《吹き飛ばせ！》」

力を持った叫びと同時、右腕の紫色の魔力光が飛び出した。瞬く間に、螺旋を描く風となる。魔力で起こされた風は、ウィステリアを中心とした巨大な円を描き、周囲を覆っていた霧を薙ぎ払う。

――そして、霧の向こうに虚像の正体が現れた。

点々と横たわる魔物たちの骸の奥、黒く細長いものが直立している。

それは遠目に、ほつれた糸束を立てたような姿をしていた。長い茎はいくつもの細長い触手に分かれ、根元は細長い葉が無数に地面に飛び出し、層をなしている。

茎らしき部分の先端には、綿毛に似た球体がついている。だが完全な球体ではない。球体を包むように長く細い触手がいくつも絡み、蠢いている。

細い触手が蠢くたび、黄味がかった光沢が現れ、一瞬緑色に発光する。明滅しているような動きに応じて、球体の部分が霧を吐き出していた。吐き出された瞬間は暗いが、すぐに薄く白く変色している。

『あの植物まがい……やはり魔物か！』

サルティスが険しい声をあげる。

幻覚の正体を直視し、ウィステリアは自嘲した。

「……イルーシェの髪と目の色と同じ。なるほどな」

吐き捨て、再び右手に力を凝縮させていく。先ほどよりももっと多く、強く。紫の火花が散り、小さく爆《は》ぜる音をたてる。

その音と共に、ウィステリアは告げた。

「さよならだ、イルーシェ。――《燃やし尽くせ！》」

叫んだ瞬間、腕から紫の光を帯びた黒い炎が飛び出す。低空を走る稲妻にも似たそれは、特異な魔物を貫いた。

魔物の茎は千切れ、たちまちその全体が超常の火に包まれる。激しい燃焼音の中、魔物は悲鳴をあげるかのように身をよじる。瞬く間に火の中で縮んで炭と化し、火に包まれたまま地に落ちた。

燃えてゆく魔物の亡骸を冷たく見据えたまま、ウィステリアは口の端を歪める。

「残念だったな。あるいはもう少し早ければ……私が弟子を得る前であったなら、その甘く虚しい夢に最後まで溺れてもよかったのに」

終章

コト、と小さく音をたてて、荒削りの杯をテーブルに置く。

そうして、ウィステリアは小さなため息交じりに切り出した。

「あれは《白昼夢《はくちゅうむ》》、と名付けた魔物でな」

「ずいぶん詩的な名前だな。……っつ」

対面の席に腰掛けたロイドがわずかに片頬を歪める。ウィステリアは眉尻を下げてそれを見つめた。

「無理して喋るな。……君がすぐに目覚めてくれたおかげで助かった。口の中を切るのはいただけないが……そうさせたのは私の油断だな」

「この程度は問題ない。実際に魔物を倒したのはあなただ。その《白昼夢》という魔物は、意識を奪うことに特化した魔物か」

ああ、とウィステリアは重くうなずいた。

——こうして今、落ち着いていつものテーブルで向き合って座っていられるのも、ロイドとサルティスが意識を保ってくれていたおかげだった。

自分が意識を失っている間、二人はずっと自分を守り、目覚めるまで呼び続けてくれていたのだという。

無事に拠点に戻り、こうして座っていると、何事もなかったかのように錯覚する。——そう逃避しそうになるほど、死が数歩先まで迫っていたのだ。

ウィステリアの椅子の側、台座にたてかけられたサルティスが不服そうな声をもらした。

『ふん。小僧ですら先に目が覚めたというのに、一人盛大に引っかかって長々惰眠を貪るなど油断も甚だしいぞイレーネ！』

「だ、惰眠とは何だ惰眠とは！　ただの眠りとは全然違うんだからな……！　本当に容赦ないな君は！　夢の中のサルトのほうがよほど……」

痛いところを突かれ、ウィステリアは半端な反論にとどまった。サルティスの言う通りだと認める一方で——虚構のサルティスのほうがよほど手加減を知っていたと思えてくる。

ロイドは軽く椅子に背をもたれさせ、腕を組んでウィステリアを見た。

「《白昼夢》は、霧状の物質を周囲に撒いて幻覚を見せるのか？　魔物が幻覚をもたらす成分を作り出す、というように思えたが」

「あ、ああ……。《白昼夢》は植物に近い。霧に見えるあれは、花粉のようなものではないかと思っている。あるいは樹液かもしれないが。それにあの独特の甘ったるい香りだな……。もっと早くに気づくべきだった」

無意識に、ウィステリアは眉根を寄せていた。鼻腔にまだ、あの歪な甘い香りの残滓《ざんし》がまとわりついている気がする。

（イルーシェと会うたびに漂ってきた甘い香り……あれは《白昼夢》の放つ霧と同じ香りだった。イルーシェは、幻覚作用によって見えた偽りの存在……魔物そのものか）

——あるはずのない記憶、いるはずのない存在。真実の記憶の中に、イルーシェという人物との接点はない。そもそもその人物が実在するのかも知らない。

あの奇異な魔物は、正常な判断力を奪い、記憶を混濁させ、錯覚させる幻覚を引き起こしていたということになる。

《大蛇》とは別の脅威だった。うっすらとした寒気を感じる。

ロイドは淡々とした調子を崩さず、当然の疑問点をあげる。

「地上にあった魔物の亡骸は、《白昼夢》という魔物のせいか。獲物に幻覚を見せて、衰弱させて殺すのか？」

「ああ。獲物を無防備な昏睡状態にしてから、地中奥深くに巡らされていた根が出てきて取り込み、ゆっくりと消化していくようだ。一度幻覚に囚われた魔物は、幻覚から抜け出せないまま命を落とすのだと思う。前に二度ほど、他の魔物が餌食になっているのを見た……警戒すべき魔物として認識したはずだったが、抜かった」

「食虫植物に近いな。これが初めての遭遇であればもっと危険だったはずだ。警戒すべきとすぐに分かっただけましだ」

ロイドはあまり表情を変えずに言う。――幻覚の中の彼は、もっと感情が豊かだった。

ウィステリアは苦笑して続けた。

「君は本当に強いな。私も、以後気を引き締めよう。今回助かったのは……君とサルティスのおかげだ」

『平身低頭して我が強靭さに感謝するがいい！　日頃からあれほど油断するなと言っておろうに！』

「わ、わかってるよ！　君はいいな、夢を見ることもなくて……！」

現実の手厳しい聖剣に、ウィステリアはつい子どもじみた反発をする。

ロイドはその様子を眺め、少しの間思案していた。それから、問うた。

「幻覚……夢、か。あなたはどんな夢を見ていたんだ？」

サルティスを見たまま、ウィステリアは硬直する。

幻覚。夢。――ロイドによく似た声が、重なる。

〝私もずっと、君のことが好きだった〟

まだ生々しい傷痕のように、声が浮かぶ。わずかに、ウィステリアの唇は震えた。だが息を詰めて動揺を堪え、自嘲した。

「……たちの悪い夢だ。酷く甘ったるくて、現実離れした……虚しい夢だったよ」

取るに足らないものだというように、意識して声を軽くする。

感傷を抑え込み、ロイドを見た。

「君は？　何か夢を見たか？」

「……さあな」

わずかな間を感じる青年の答えに、ウィステリアは意外に思った。

「ん。含みのある言い方だな」

「あなたほどではないが」

「う……！」

『おい、無駄話をするくらいならさっさと寝ろ。無駄に遅くまで起きているからいつまでも寝ぼけることになるのだぞ！』

「……あ、今のは夢の中の君と同じだな。はは」

『何⁉　やはりまだ寝ぼけてるのかお前は‼』

頭の中に響く声は幻よりも鮮烈で勢いがあり、ウィステリアは小さく笑った。ここが、確かな現実だと感じられる。

「まあ、今日は早く休もう。ロイド、君も十分休んでくれ」

「了解」

ウィステリアが椅子から立ち上がると、ロイドが先に言った。

「おやすみ、師匠。——今度はいい夢を」

少し、おどけたような声色だった。ウィステリアは目を丸くする。——遅れて、軽くからかわれているらしいことを察する。

「ぅぐ、師匠をからかうな！　全く……。君も、今度は……いい夢を見られるといいな。おやすみ、ロイド」

「ああ」

ウィステリアはサルティィスを手に先に寝室に向かい、後ろ手で扉を閉める。

そうして、夢よりもずっと確かで、ずっと暗い天井を仰いだ。深いため息がこぼれた。

確かなものを求め、サルティィスを抱える手に力を込める。

——魔物の、自分の幻覚が作り出した優しい毒のような声が耳の奥に反響する。

〝どうして逃げようとするの？　これは、あなたの望んだ幸せな世界じゃない〟

ウィステリアは、白い瞼を強く閉ざした。

ああ、そうだ、と心の中でだけつぶやく。

そして。

（――現実のブライトは、あんなふうには私を見なかった）

幻の中で自分にだけ向けられていた特別な眼差しや甘い声は、ただの妄想ではない。ブライトがあんな顔をすることを、優しげに呼ぶことを知っていた。

――自分ではなくロザリーに対してそうしているのを見ていたから。

だから、あれは正しく自分の願望が反映された夢だ。現実とは真逆の、偽りの世界。

（……なんて都合のいい）

ウィステリアは唇を歪め、ふいに喉にこみあげてきたものを呼吸ごと止めた。左腕にサルティスを抱えたまま、右手の甲で、閉じた両瞼を押さえつけた。

『……おい。こんなところで寝るな、馬鹿者』

サルティスの声が響く。ほんの少しだけ、幻の中と同じ柔らかさを感じた。

そうだな、とウィステリアはわずかにくぐもった声で答える。目の奥の痛みが、こみあげたものが引いていくのを待った。

やがて瞼を押さえていた手を下ろす。

涙は、出なかった。

（甘い夢は必要ない。少なくとも今はまだ。ロイドを、向こうの世界へ帰すまでは――）

あとがき

『恋した人は、妹の代わりに死んでくれと言った。』短編集をお手にとっていただき、ありがとうございます。永野水貴です。

いつも応援してくださるみなさまのおかげで、なんと短編集を出していただけることになりました。こちらは特典として書き下ろしたＳＳや自主的に書いたＷｅｂ番外編などを多数まとめたものになります。

そしてちょっと作りがいつもと違いまして、各ＳＳごとにあとがき？　裏話？　みたいなものも書かせていただきました。私は「あとがきいつも悩む族」なので、一つ一つ何を書こう……と悩みながら一生懸命コメントを書きました。

それですっかり「やりきった」感を出していたのですが、普通に「（いつもの）あとがきもお願いします」と編集さんに言われていたことを思い出し、後で転んだ次第です。しかも締め切り直前まで勘違いしたままでした。スケジュールアプリにもちゃんと記入していたにもかかわらず、なぜこんな思い込みをしていたのか……。自分で自分（のぽんこつ具合）が怖いです。

慌てふためいたというようなことばかり書いていますが、実は短編集なるものを刊行していただけるのは作家人生ではじめてのことで、とても嬉しく思っております。これも特典を集めてくださったり、喜んでくださるみなさまのおかげです。

あのＳＳをさっと読み返したい、というときなどにぜひこの短編集をどうぞ。

ＴＯブックスさんの特典ＳＳはいつも（かなり）文字数が多いので、ＳＳといいつつ全体的にだいぶしっかりした内容になっていると思います。できるだけ多くの方に読んでもらえたらいいなあと常々考えておりました。

この短編集で初めて読むという方にも、楽しんでいただけたら幸いです。

せっかくなのでそもそも特典ＳＳってなんじゃい、というのをざっくり説明しておくと、主に電子書籍限定とか、ＴＯブックスさん公式のオンラインストアで買うとついてくるといった特典類です。おそらく、巻末などに公式ストアのＱＲコードとかアドレスが載っていると思います。短編集に載っていない特典ＳＳとか、グッズとかドラマＣＤなどがあり、この短編集が出るときに、また新しいグッズが出る……かもしれません。

最新情報はＸ（旧 Twitter）の永野のアカウント（@nagano_mizuki）でもつぶやくことが多いです。気が向いたときにでも見ていただけたら幸いです。

最後になりますが、いつも応援してくださるみなさま、本当にありがとうございます。この作品が広がっていき、たくさんの本やグッズが出せるのは、みなさまの愛ある応援のおかげです。みなさまの応援が本当に力になっております。

感謝の気持ちを原稿にこめつつ、次は本編でお会いできればと思います。

二〇二四年九月　永野水貴

計70万部突破!!!!

（電子書籍を含む）

COMICS

第4巻書影

コミックス第5巻
2025年発売予定！

漫画：家守まき

NOVELS

短編集書影

原作小説 第7巻
2025年発売予定！

著：永野水貴　イラスト：とよた瑣織

原作・永野水貴による
完全オリジナルストーリー！

DRAMA CD

ドラマCD
好評発売中！

AUDIO BOOK

オーディオブック
第3巻
12月25月配信！

『恋した人は』シリーズ累

原作グッズ

NEW GOODS

ウィステリア&ロイドを
イメージした
香水

描き下ろしは
届いてからの
お楽しみ！

ポストカードセット２
書き下ろし SS&描き下ろしイラスト付き！

［好評発売中!!!!!!!!］

コミカライズグッズ

アクリルコースター

名場面ポストカードセット

※画像はイメージです。実際の商品と異なる場合があります。

詳しくは公式HPへ！

2025年1月から
テレ東・BSフジほかにて
TVアニメ放送開始!!
U-NEXT・アニメ放題で最速配信決定!
没落予定の貴族だけど、暇だったから魔法を極めてみた
©三木なずな・TOブックス／没落貴族製作委員会

COMICS

［漫画］秋咲りお

コミックス⑨巻
2025年1月15日
発売予定！

最新話はコチラ！➡

NOVEL

［イラスト］かぼちゃ

原作小説⑩巻
2025年1月15日
発売予定！

SPIN-OFF

［漫画］戸瀬大輝

「クリスはご主人様が大好き！」
コミックス
2025年1月15日
発売予定！

最新話はコチラ！➡

ANIMATION

STAFF

原作：三木なずな『没落予定の貴族だけど、暇だったから魔法を極めてみた』（TOブックス刊）
原作イラスト：かぼちゃ
漫画：秋咲りお
監督：石倉賢一
シリーズ構成：髙橋龍也
キャラクターデザイン：大塚美登理
音楽：桶狭間ありさ
アニメーション制作：スタジオディーン×マーヴィージャック

CAST

リアム：村瀬 歩
ラードーン：杉田智和
アスナ：戸松 遥
ジョディ：早見沙織
スカーレット：伊藤 静
レイモンド：子安武人
謎の少女：釘宮理恵

詳しくはアニメ公式HPへ！
botsurakukizoku-anime.com

シリーズ累計 85万部突破!!（紙+電子）

（電子書籍含む）
累計 250万部突破！

異世界に落とされた… 浄化は基本！

Dropped into another world

原作最新巻

第⑨巻

好評発売中！

イラスト：イシバシヨウスケ

コミックス最新巻

第⑤巻

好評発売中！

漫画：中島鯛

ポジティブ青年が
無自覚に伝説の
「もふもふ」と戯れる！
ほのぼの勘違いファンタジー！

お買い求めはコチラ

ほのぼのる500シリーズ
最弱テイマーはゴミ拾いの旅を始めました。
The Weakest Tamer Began a Journey to Pick Up Trash.
原作
13巻
イラスト:なま
2025年 1/15 発売!
コミックス
7巻
漫画:蕗野冬
2025年 1/15 発売!
※6巻書影
ジュニア文庫
7巻
イラスト:Tobi
好評発売中!
スピンオフ
3巻
漫画:雨話
好評発売中!
各配信サイトにて
TVアニメ絶賛配信中!
詳しくは公式サイトへ
©ほのぼのる500・TOブックス/「最弱テイマー」製作委員会

第二部最終章
涼が不在の中央諸国で
人類の存亡をかけた戦いが始まる!
V
著:久宝 忠
イラスト:天野 英
水属性の魔法使い
第二部　西方諸国編
2025年1月15日発売決定!!!

※5巻書影

漫画：墨天業
コミックス最新第6巻
2025年1月15日
発売予定!!

絵：たく
ジュニア文庫第3巻
好評発売中!!

書き下ろしSS付き!

アンティーク風
ポストカードセット
好評発売中!

Audio Book第2巻
2025年1月15日
配信開始!!

著 岬
ill. さんど
TVアニメ化決定！
穏やか貴族の
休暇のすすめ。
A MILD NOBLE'S VACATION SUGGESTION

シリーズ累計150万部突破！（紙＋電子）
NOVELS
※19巻書影
穏やか貴族の休暇のすすめ。
原作小説 第20巻
イラスト：さんど
2025年春発売予定！
COMICS
※11巻書影
穏やか貴族の休暇のすすめ。
コミックス 第12巻
漫画：百地
2025年春発売予定！
AUDIO BOOK
TOブックス
Audio Book
朗読：斉藤壮馬
第8巻
オーディオブック 第8巻
好評配信中！
SHORT STORIES
休暇のすすめ。 短編集2
短編集①〜②巻
イラスト：さんど
好評発売中！
GOODS
カップ&ソーサー
Noritakeコラボ
好評発売中！
DRAMA CD
穏やか貴族の休暇のすすめ。
ドラマCD 第5弾
好評発売中！
RADIO DJCD
穏やか貴族のラジオのすすめ。
ラジオDJCD
好評発売中！
詳しくは公式HPへ！ 新グッズ続々発売中！

アニメ化決定!!!!!

にぃにとれーのおはなしだよ!

COMICS

第6巻 1月15日発売!

※第5巻書影　イラスト：よこわけ

コミカライズ大好評・連載中!

CORONA EX
コロナEX
TObooks

https://to-corona-ex.com/

最新話がどこよりも早く読める!

白豚貴族ですが前世の記憶が生えたのでひよこな弟育てます

shirobuta
kizokudesuga
zensenokiokuga
haetanode
hiyokonaotoutosodatemasu

DRAMA CD

好評発売中!

CAST
鳳蝶：久野美咲
レグルス：伊瀬茉莉也
アレクセイ・ロマノフ：土岐隼一
百華公主：豊崎愛生

シリーズ累計60万部突破!
（電子書籍も含む）

シリーズ公式HPはコチラ!

「白豚貴族ですが前世の記憶が生えたのでひよこな弟育てます」TV

NOVELS

第13巻
1月15日
発売！

イラスト：keepout

TO JUNIOR-BUNKO

第5巻
1月15日
発売！

イラスト：玖珂つかさ

STAGE

第2弾
DVD好評
発売中！

購入は
コチラ▶

AUDIO BOOK

第5巻
2月25日
配信予定！

恋した人は、妹の代わりに死んでくれと言った。短編集
—妹と結婚した片思い相手がなぜ今さら私のもとに？　と思ったら—

2024年12月2日　第1刷発行

著　者　永野水貴

発行者　本田武市

発行所　TOブックス
〒150-0002
東京都渋谷区渋谷三丁目1番1号　PMO渋谷Ⅱ　11階
TEL 0120-933-772（営業フリーダイヤル）
FAX 050-3156-0508

印刷・製本　中央精版印刷株式会社

本書の内容の一部、または全部を無断で複写・複製することは、法律で認められた場合を除き、著作権の侵害となります。

落丁・乱丁本は小社までお送りください。小社送料負担でお取替えいたします。

定価はカバーに記載されています。

ISBN978-4-86794-376-2
©2024 Mizuki Nagano
Printed in Japan